字字有來頭

ABOUT characters

文字學家的殷墟筆記

甲骨文

簡易字典

國際甲骨文權威學者

許進雄 著

目錄

導讀一 比甲骨文更早的文字……4
導讀二 中國文字的特性……11
導讀三 商代以前最普及的書寫材料……17
本書使用方法……23
總筆畫檢字索引……24
一、動物篇……33
二、戰爭與刑罰篇……55

三、日常生活篇Ⅰ 食與衣……83
四、日常生活篇Ⅱ 住與行……111
五、器物製造篇……139
六、人生歷程與信仰篇……177
漢語拼音檢字索引……199

導讀一

比甲骨文更早的文字

至今仍大量保存的中國最早文字，是商代的「甲骨文」，它出現的時間約是西元前十三至十一世紀。這些文字，主要是用刀契刻在占卜用的龜甲和牛肩胛骨上，在地下雖埋藏了三千多年，還可以相當程度的保存下來，而其他日常寫在竹簡上的文字，就都腐爛無存了。

甲骨文共有超過四千五百個圖形，因此，絕不會是初有文字時代的產物，應該是經過了很多年的演化而後形成的。那麼，到底可能經過了多久的時間呢？

人類的群體一旦擴大，就有必要發展文字，把繁多的事務內容記載下來，以便傳遞給他人，傳播到遠地，留傳至後世，而不是讓話說完之後即消失無蹤，無可稽考。所以，文字是高度文明社會的產物，被視為國家建立的重要條件。中國有黃帝的史官倉頡創造文字的傳說，中國也有以黃帝為歷史開始的傳統，都說明人們普遍認為文字與文明的關係極為密切。

文字是經歷了一段很長的時間，經由許多人的創造、選擇、改良，才慢慢形成體系，而被群體所接受。而能夠留下來並確實反映文字使用的物證，一定是出現在體系雛形已經完成很久以後的事。不管哪一種文字，要探明其體系成立最初階段的年代，都是非常不容易的。所以，學者對於中國何時有文字的推測，就有相差有好幾千年的不同說法。

我們可以從某些文字的創意，來探討中國文字起源的問題。商代的甲骨卜辭，是用刀在堅硬的表面上刻劃的。由於曲線不容易刻劃，所以圓形的圖象，常常會契刻成方形或多角形的樣子。如果一個字有圓圈和方形兩種寫法，則圓形的必是較早、較原始的寫法。甲骨文的「郭」字作，像一座四個方向都修建有守望亭臺的城牆。因為形體太過繁複，所以就先省去左右的亭樓而簡化成。城裡集聚很多的居民而成為大的城市，於是加上一個「邑」的偏旁，就成為現在的「郭」字了。

目前所發現中國最早的城牆建築，是在河南鄭州北郊的西山遺址，興建的年代約在距今五千三百年前至四千八百年前之間。城的平面略呈圓形，與甲骨文所顯現的形象一致。然而，已經發現的較大數量早期城牆，都是建於龍山文化的晚期，時間約是四千多年前，諸如山東章丘城子崖、河南登封王城崗、淮陽平糧臺等等都是，而這些城牆的平面都作四方形。

就人類建築的發展過程而言，圓形的一般要早於矩形的。例如圓形的穴居，早於矩形的地面建築。經常移動的游牧民族，喜歡採取較省力的圓形形式；而定居的農耕民族，就多採用矩形的形式。甲骨文因刻刀不便畫圓的緣故，大都把圓形的東西刻成矩形。因此甲骨文的「郭」字，既然以圓形的形狀顯現，就表示創造文字者所見的城周是圓的。商代雖然已經見不到圓形輪廓的城周，但字形仍然保留了商代以前的正確形象。所以這個字的創造時代，應該是方形城周的時代之前。其年代可能早到五千年前，最晚也不會遲至修建矩形城牆的龍山文化晚期，其年代的下限是四千年前。

中國的文明，是一萬多年前從華南發展起來的，因為天氣變得很熱，人們往較涼爽的北方遷徙，就形成了東西兩個不同的文化類型。那麼，中國文字的源頭是東邊，還是西邊呢？

文字的發展，有個共同途徑。初期的文字，以表現事物具體的形象為主，是「表形」的。然後漸次進入指示概念、訴諸思考的「表意」期。最後因需求量太多，不勝造字的繁雜，才發展以音標表達意義為主的「表音」期。中國文字也不例外，也經過這三個時期，由表形進入表意，最後才進入表音的階段。甲骨文則已進入了表音的階段。

中國初期文字的徵兆，目前來說，大概要數見於山東莒縣陵陽河的大汶口文化晚期遺址，碳十四測定時代約是西元前二千五百到二千年的陶器上的刻劃符號為代表。（如下圖）

這些圖象，都單獨刻劃在大口缸的外壁，靠近口沿的部位，非常顯眼，顯然是有意的展示。大口陶缸大概是設置在工作的地點，讓大家喝水用的。陶缸上的圖象都具有圖繪物體具體形象的性質，可能代表不同的社群。圖象也已採用線條、輪廓的手法描繪物體，和後代的甲骨文、金文

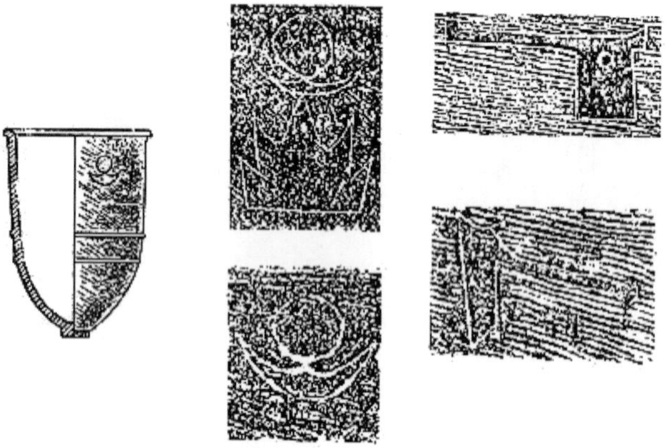

山東莒縣陵陽河的大汶口文化晚期陶器上的刻劃符號

的字形，有一脈相傳的關係。

大汶口文化的這些陶文，其中一形：，具有很重要的意義。它可能是旦字的早期字形，表示早晨的太陽已上升到有雲層的山上之意。這個記號由三個構件組成，由上而下是太陽、雲彩、山岳。古人多居住於山丘上或水流旁，因此每每以所居住的山丘或河流自稱或給自己的氏族命名，以表示居處的自然環境，如吾丘氏、梁丘氏等。因此，這個圖形可以分析為從山，旦聲。它用來表示居住於山區的旦族。以象形的符號做為氏族名字或人名，就與隨意、即興的圖畫形象具有很不同的意義。

當一個人看到一把石斧的圖象時，他很可能立刻叫出長柄石斧的「斤」這個詞，但並不是每個人都會把它讀作「斤」或當作「斤」的詞彙來使用，而且各個人群對於石斧的名稱也不一定相同。但是當這個圖形被選擇做為代表特定的部族或個人時，所有熟悉該部族或個人的人們，就比較可能通過這個環節，牢牢的把這個圖形與同一音讀、同一意義結合起來。這種讀音、意義、圖形三者的密切結合，就具備了文字的基本條件。因此，把圖形符號作為氏族的代表，往往是有定法的文字體系產生的一個重要途徑。

從造字法的觀點看，這個由三個圖象組合而成的圖象，顯然已不是原始的象形字，應是第二類表達抽象意義的象意字，或甚至是第三類、最進步的標出音讀的形聲字了。把大汶口的這些圖象，認為已具有文字的功能，應該是平實可信的。所以，西元前二千五百年至二千年時，中國東方的氏族可能出現系統文字的雛形，而成為商代甲骨文的源頭。

導讀二

中國文字的特性

人類有幾種獨立發展起來的古老文字體系，其中最著名而且為人們所通曉的，是埃及的聖書體、美索不達米亞的鍥形字，以及中國的漢字。基本上，它們都是源於以圖畫式的表意符號為主體的文字體系。今天，其他的古老文字體系或已湮沒，或為拚音文字所取代，但漢字仍然保留圖畫表意的特徵，沒有演變到拚音的系統，有它不得不然的原因。

過去中國國勢衰弱、科學不發達，有人就怪罪漢字，說是因為漢字太難學、難寫，妨礙了學習。又說漢字的意義不夠精確，不利於發展科學，所以中國的科學發展不如西洋，進而有漢語拉丁化，甚至廢棄中國語文的偏激言論。現在，中國富強了，與西方世界的差距拉近了，那些偏激的言論也消失了。那麼，客觀而論，中國的文字確有它的優良特性嗎？

各個民族的語言，都是一直在慢慢變化的。使用拼音系統的文字，經常因為要反映語言的變化而改變其拼寫方式，使得一種語言的古今不同階段，看起來好像是完全沒有關係的異質語文。音讀的變化，不但表現在個別的詞彙上，有時也會改變語法的結構，使得同一種語言系統的各種方言，有時會差異得完全不能交流。沒有經過特殊的訓練，根本沒無法讀得懂一百年前的文字。唯獨漢字，儘管字與辭彙的音讀和外形也都起了相當的變化，卻不難讀得懂幾千年以前的文獻，這就是漢字的特點之一。這種特性，使得後人探索古代中國文化，沒有太多困難與障礙。

西方世界所以會走上拼音途徑，應該是受到他們的語言性質的影響。西方的語言，屬於多音節的系統，用幾個簡單音節的組合，就容易造出各個不同意義的辭彙。音節既多，可能的組合自然也就多，也就容易使用多變化的音節，來表達精確的語意而不會產生誤會，這就是它們的方便處。然而中國的語言，偏重於單音節，嘴巴所能發聲的音節是有限的，如果大量使用單音節的音標去表達意義，就不免經常遇到意義混淆的問題，所以自然發展成了今日的型式，而不走上拼音的道路。

由於漢字不是用音標來表達意義，所以字的形體變化，不會和語言的演變發生直接關係。例如「大」字，先秦時讀若 dar，唐宋時讀如 dai，而今日讀成 da。又如「木」字，先秦時讀若 mewk，唐宋時讀如 muk，今日則讀如 mu。至於字形，比如昔日的「昔」，甲骨文作❶等各種字形，表達大水為患的日子已經過去了，因為商代控制水患的技術已有所改善，水患不是主要的災害了。其後的周代金文，字形已變成❷等形。到了秦代文字統一後，變成小篆的。漢代以

❶

❷

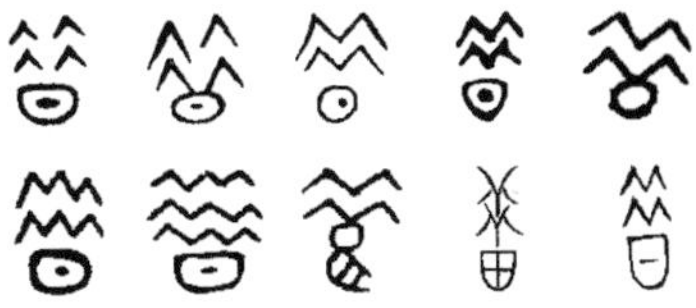

後，更進一步改變筆勢成隸書、楷書等，而後成為現在的「昔」字。

幾千年來，漢字雖然已由圖畫般的象形文字，演變成現在非常抽象化的結構，但我們還是可以看到，字形的演變是有跡可循的，稍加訓練，就可以辨識。

融通與包容性是漢字的最大特色，一個字既包含了幾千年來字形的種種變化，也同時包含了幾千年來不同時代、不同地域的種種語音內涵。只要稍加訓練，我們不但可以通讀商代以來的三千多年文獻，如果以後考古發掘有新發現，有更早的文字，我們也可以循線辨識它們。還有，我們可以不管一個字在唐代怎麼念，也讀得懂他們寫的詩文。同樣的，不同地區的方言，雖不能夠相互交談，卻因文字的外觀是一致的，也可以通過書寫的方式相互溝通。中國的疆域那麼廣大，地域又常為山川所切割隔絕，其存育的種族也相當複雜，但能夠融合成一個整體，特殊的語文特性應該就是最重要的因素。

漢字看似非常繁複，不容易學習，其實它的創造有一定的規律，可以觸類旁通，有一貫的邏輯性，不必死記每一個詞彙。尤其漢字的結構千變萬化，筆畫姿態優雅美麗，風格獨特，從而形成了特有書法藝術。這些都不是拼音文字系統的文化所可比擬的。

世界各古老文明的表意文字，都可以讓我們了解當時的社會面貌。因為這些文字的圖畫性很重，不但告訴我們那時存在的動植物、使用的器物，也往往可以讓我們窺見創造文字時的構想，以及借以表達意義的事物信息。在追溯一個字的演變過程時，有時也可以看出一些古代器物的使用情況、風俗習慣、重要社會制度、價值觀念或工藝演進的等等跡象。

西洋早期文字，因偏重以音節表達語言，以意象表達的字比中國少得多，相對的，可用來探索古代社會動態的資料就比較少。中國由於語言的主體是單音節，為了避免同音詞的混淆，就想盡辦法通過圖像表達抽象概念，多利用生活的經驗和聯想來創造文字，而不是大量借重語音。

象形文字的特徵，是透過圖象的形構，讓人理解圖象所要表達的意義。具形象的物體，只要描繪其形狀就可達到目的。但絕大多數超乎形體的，較具抽象概念的意義，就要通過共同的經驗才容易被理解及接受。因此，文字可以告訴我們在創字時代的很多情況，也可以根據某些訊息判斷一個字產生的時代。在追溯一個字的演變過程時，有時也可以看出一些重要社會制度或工藝演進的跡象。

例如喪葬習俗，考古的發掘只能告訴我們其埋葬的姿勢、隨葬的器物等等靜態的訊息。但是通過文字的探索，卻可以啟示我們，古人是如何從活活棒殺老人，演化到用棺木埋葬死者的過程。

導讀三

商代以前最普及的書寫材料

目前發現中國最早的文字，是商代的甲骨文，以及銅器上的銘文。甲骨文是商王為了國家政務以及個人私事，而向鬼神請教如何處理的貞卜辭句；銘文則是貴族在青銅禮器上，表明鑄器者的名號或鑄造因緣的文字。兩者都是貴族所為，不但不是絕大多數的平民百姓所書寫的，內容也很有局限性，不足以反映民眾的日常生活內容。

我們相信商代的貴族也會用文字記錄自己的公私事務，但為什麼不見這一類的文字出土呢？西方的兩河流域保存了很多雕刻在石頭上或刻劃在泥板上的文字，這些都是可以在地下保存，不會腐化的東西。中國古代應該沒有用這些材料書寫的習慣，所以才沒有發現這類的文字。那麼，商代以及更早的時代，最普遍的書寫材料又是什麼呢？

中國與西方的書寫習慣非常不一樣。西方書寫的方向，主要是先左右橫行，然後行列再從上而下。有時候須作上下行時，行列也大都從左到右。古代漢字的書寫習慣，卻是從上而下，然後行列是從右到左。之所以會有這種書寫的獨特性，一定有其原因。經過考察，應該是受到書寫工具的影響。甲骨文雖然是用契刀刻在堅硬的甲骨上，但我們有相當充分的理由相信，商代人已經普遍使用毛筆在竹簡上書寫文字了。這個問題大致可以從幾方面來探討。

一是從與毛筆有關的創意來看。「筆」字的初形是聿，甲骨文的圖形就是一隻手握著一枝有毛的筆。中國古代普遍是以竹管做筆桿，於是在聿字之上加個「竹」的偏旁，就成了「筆」字。毛筆不沾墨汁時，筆毛是散開的。但一沾墨汁，筆尖就合攏而可以書寫了。甲骨文的「書」，一手握有毛的筆管，在一瓶墨汁之上，點明毛筆沾了墨汁就可以書寫的意思。還有，甲骨文的「畫」，一手握著一隻尖端

合攏或散開的筆，畫一個交叉的圖案。金文的「肅」，一手握著筆，畫出較為複雜的對稱圖案，以便依圖案刺繡的意思。甲骨文的「畫」，一隻手握著筆與日字組合之形，表達持筆寫字的時候是白天。由以上的例證可以推知，商代已普遍使用毛筆，所以才用來表達和書寫、繪畫、刺繡、時刻等有關的意義。其實，六千多年前的西安半坡遺址，從陶器上的彩繪，就可充分看到使用毛筆的痕跡。

二是可從書寫用的材料看。雖然乾燥平面的東西都可用做書寫的材料，但從幾方面看，影響中國書寫方向習慣的是竹簡，而且起碼從商代起已是如此。《尚書．多士》篇有「惟殷先人，有典有冊」的句子。「典」與「冊」字的意義，都是用竹簡編綴而成的書冊。甲骨文的「冊」，就是許多根長短不齊的竹簡，用繩索加以編綴而成為書冊的樣子。「典」，則是表示重要的典籍，不是日常的紀錄，所以像恭敬的用雙手捧著的樣子。

在距今三千年前的幾千年間，華北的氣候比今日溫暖而濕潤。竹子不難生長。以竹子當書寫的材料，有價廉、易於製作以及耐用等多種好處。只要把竹子縱向直劈，就成為長條，再稍微加工，就可得到平坦的書寫表面了。如果再用火烤乾，就不易朽蠹。在窄長的表面上書寫，作由上而下的縱行書寫，要較橫列的左右向書寫方便得多。如果橫著書寫，彎曲的竹片背面就會妨礙書寫手勢的運轉和穩定。一般人以右手書寫，也易於左手拿著直豎的竹片。寫完後，就順勢以左手將竹簡由右而左依序一一排列，就形成了由上而下、由右而左的排列、中國字所特有的書寫形式。

三是從字形考察。甲骨文偶有橫著書刻的辭句。從後世的實例看，也可推測商代應有利用木片、布帛一類有寬廣表面的材料，做為書寫的載體。使用毛筆書寫時，因墨汁乾燥較緩慢，如果在可以書寫多行的表面上寫字，行列最理想是從左到右，手才不致於髒污墨跡。但是中國的書寫習慣，竟然是相反的從右到左，就可以推測，主要是由於使用單行的竹簡書寫的緣故。左手拿著竹片，右手拿着筆，寫完後以左手安放竹片；因習慣而由右至左一一排列，成為中國特有的書寫習慣。

由於竹片的寬度有限，不但不能多行書寫，文字也不便寫得過於肥胖寬大，因此，字的結構也自然朝著窄長的格式發展。多構件組合的字，也儘量以上下疊放的方式，避免橫向的舒展。以致於有寬長身子的動物，也不得不轉向，讓牠們頭朝上、四足懸空或尾巴在底下，而成為窄長的形式，如「象」，「虎」、「馬」、「犬」、「豕」等動物的象形字都是如此。字的結構如果是橫寬的，也簡省部分字形使成為窄長之狀，例如「郭」字，本有四座看樓，後來東西兩邊的看樓就被簡省，而成窄長的樣子了。

表面寬廣的甲骨，上面的貞卜文字，已經是以窄長為主要的書寫形式，由此可以推斷，商代最普及的書寫材料就是竹簡，而不是木片或布帛等有寬廣表面的材料，否則就不必限定字形的寬度了。竹簡一吸墨汁就擦不掉，而且每一簡的寬度，也不容劃掉之後另在旁邊寫字加以改正。如果寫錯了字，就只能用刀把字跡削去再寫。所以「刪」字，就是把一把刀擺在書冊旁，以表達刪削的意思。在紙張未普及前，書和刀是文士隨身攜帶的必備文具，因此，東周時期的墓葬，書和刀經常與書寫的工具一起出土。有人不明白其用途，才誤會它是用來刻字的。

中國的文字系統，至遲在四千年前就已經建立，日常使用竹簡書寫，只因竹簡埋在地下，久了會腐爛，所以後人才沒有發現竹簡上的文字。商代之前雖也有銅器出土，但商代是在後期才逐漸形成銘文的習慣，所以商代以前也不會發現銅器上有文字。

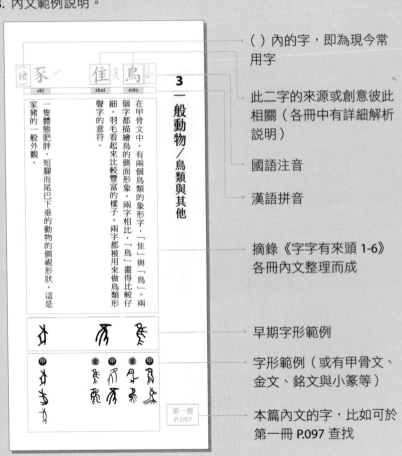

本書使用方法

1. 本書介紹總共約有 610 個字，多為今日常用字，更與讀者的生活習習相關。內文編排以《字字有來頭 1-6》各冊主題，摘錄每一個字的創意來源，並附有早期文字（如甲骨文、金文）及小篆字形，按各冊主題收錄，以呈現作者在甲骨文研究與考證中，其獨特的融合文字學、人類學與社會學的觀點。
2. 在字典本文前，有總筆畫檢字索引，在字典本文後，有漢語拼音（對照國語注音符號）檢字索引，方便讀者查找使用。
3. 內文範例說明。

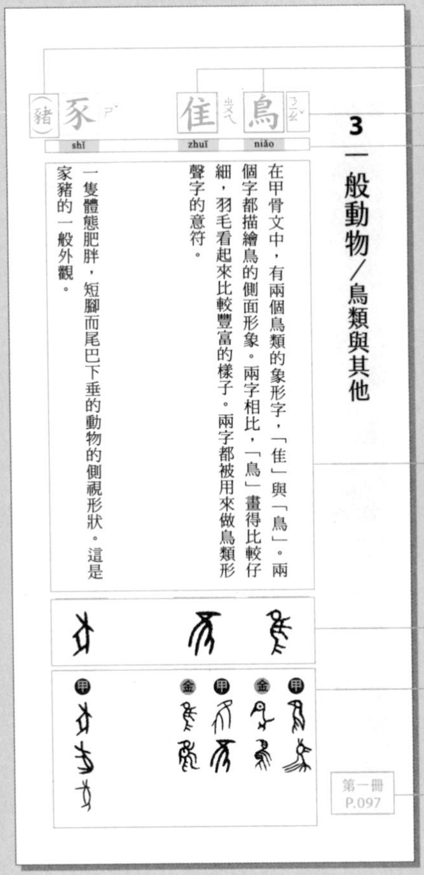

（ ）內的字，即為現今常用字

此二字的來源或創意彼此相關（各冊中有詳細解析說明）

國語注音

漢語拼音

摘錄《字字有來頭 1-6》各冊內文整理而成

早期字形範例

字形範例（或有甲骨文、金文、銘文與小篆等）

本篇內文的字，比如可於第一冊 P.097 查找

總筆畫檢字索引

二畫

冂 107
几 127
乂 151
匸 155
匕 187
卜 198

三畫

弓 59
干 64
工 82
夕 103
宀 115
丌 126
凡 133
才 141
土 163
寸 174
于 175
子 180
尸 191

四畫

牛 50
犬 52
父 56／186
斤 56
戈 57
介 65
中 66
王 77
尹 79
市 107
井 113
內 119
戶 120
止 128
之 129
方 144
刈 151
片 157
尺 174
斗 174
升 175
孔 182
夫 184
文 190
弔 192

五畫

矛 59
弘 59
矢 60
戉 62
戊 62
甲 65
奴 71
民 72
立 76
令 78
史 80
冊 80
司 82
禾 84
皿 97
召 100
旦 102
丘 112
出 119
外 120
疒 122
去 124
瓦 125
央 126
宁 126
疋 129
田 142
本 149
末 149
瓜 150
石 152
玉 152
乍 157

皮 159
市 170
必 175
平 175
生 178
孕 178
包 178
且 186
母 187
主 193
示 193
占 198

六畫

虫 40
羊 49
牝 50
伏 53
伐 57
戍 57
戌 63
成 64
戎 66
臣 70
刖 74
聿 79
吏 80
年 89
米 90
肉 91
多 91
次 96
夙 103
衣 104
向 115
各 119
光 127
行 129
舟 132
劦 145
朱 149
竹 154
曲 155
西 155
匠 156
糸 161
缶 163
吉 165
交 170
好 180
字 181
如 182
老 182
考 183
安 183
死 189
兇 196
血 193

七畫

兕 36
牡 50
牢 50
豕 51
兵 56
戒 58
我 63
孚 67
妥 68
君 79
巫 81
攻 82
利 88
灶 93
即 96
㳄 96
豆 97
卣 101
邑 113
囧 121
廷 123
步 128
走 130
車 134
甫 146
困 151
弄 153
角 154
折 156
克 159

呂	167
冶	169
貝	171
身	178
改	179
育	179
孝	183
妣	187
每	187
吝	190
沉	197

八畫

虎	34
法	37/164
佳	41
兔	47
牧	49
豕	51
取	58
函	61
卒	65
妾	71
並	76
事	80
典	81
來	86
委	89
季	89
炙	91
者	92
具	94
采	102
昃	102
昏	102
初	104
表	105
芾	107
佩	108
彔	113
昔	114
享	116
京	117
阜	117
門	121
明	121
枕	125
奔	130
直	137
舍	137
制	141
周	145
㐭	146
芰	148
果	150
玨	153
其	154
甾	155
析	155
枚	156
帚	157
匋	158
金	163
易	164
朋	170
乳	171
妻	181
宗	184
岳	193
河	197

九畫

為	36
風	39
侯	61
咸	63
冑	65
宦	70
怨	73
皇	78
美	78
食	84
香	92
既	96
俎	98
染	106
冒	109
前	110
泉	112
降	118

室 123
囿 124
宣 125
幽 127
後 131
軍 135
律 136
建 136
秋 147
枼 148
耑 149
韭 149
垂 150
某 151
柳 151
相 156
革 158
柔 159
壴 159
柬 166
复 167
厚 168
則 168
段 168
爯 173
重 173
帥 180
保 181
冠 185
帝 194
畏 195

十畫

烏 41
隻 43
能 47
畜 49
家 51
馬 52
射 61
旅 67
奚 68
訊 69
習 73
宰 73
鬥 77
書 79
祝 81
秝 84
差 88
秦 90
員 94
鬲 94
卿 95
酒 99
巹 100
配 100
衰 105
袁 105
原 112
宮 116
高 116
陟 118
退 120
疾 122／188
容 124
叟 127
涉 132
朕 132
辱 143
旁 144
留 145
圃 146
倉 147
栗 150
骨 153
框 155
茲 162
桑 162
素 162
索 162
釗 165
哲 165
晉 169
料 175
冥 179
祖 186
姬 188
鬼 194
埋 196

十一畫

鹿 34
蛇 40
鳥 41
雀 42
舄 43
習 44
魚 46
犁 50
豚 52
強 60
戚 62
族 66
執 68
圉 68
赦 75
教 76
麥 86
麻 86
春 89
庶 92
涎 96
茜 99
曹 100
莫 103
晝 103
爽 107
帶 108
郭 114
陳 114
野 115
陵 118
處 120
宿 122
途 130
婁 131
造 133
連 135
寇 135
御 136
得 137
敘 138
晨 143
啚 147
桼 158
軟 159
專 160
陶 163
窑 164
深 166
商 172
敗 173
棄 180
規 184
望 184
婦 185
婚 186
敏 187
宿 189
異 195
祭 196

十二畫

象 35
犀 36
萑 42
進 44
集 44
焦 45
逸 47
敦 49
堯 51
備 61
游 67／182
報 69
童 72
黑 73
替 77
畫 80／106
黍 85
菽 86
散 70
粟 90
煮 92
盜 97
飲 98
畀 99
壺 101
尊 101
黹 106

肅 106
黃 108
帽 109
湔 110
寒 122
貯 126
尋 126
登 135
堯 140
焚 143
華 148
筐 155
彭 160
尌 160
幾 161
絲 161
喪 162
割 165
敢 166
復 167
買 172
尋 126
量 174
粦 194
舜 195

十三畫

廌 37
雉 42
臬 42
豢 48
戠 58
義 63
歲 64
敬 69
辠 73
粱 90
鼎 93
裘 104
畬 105
雍 124
搜 127
道 129
聖 140
農 142
畺 142
嗇 146
解 154
鼓 160
巠 161
毓 179
葬 189
微 192
盟 197

十四畫

舞 39
鳳 39
鳴 44
奪 45
漁 46
臧 59
齊 60
罰 72
僕 74
誖 76
徹 94
臺 117
寢 121
夢 122／189
熏 128
疑 131
與 134
肇 142
蓐 143
耤 144
圖 147
實 171
稱 173
嘉 179
聞 186
叡 192

十五畫

暴 35
虢 35
慶 37
熯 38
魯 46
豬 51
彈 60

賢 70／140
樊 75
穆 85
稻 85
暮 103
履 109
暾 114
樓 117
輦 134
德 137
蕙 150
窯 164
質 170
賣 172
鄰 190
魅 194

十六畫

虩 35
龍 38
龜 39
燕 43
奮 46
器 53
劓 74
縣 74
學 75
歷 84
穆 85
盧 95
盥 97
遲 130
衡 131
頻 132
興 133
廩 146
磬 152
璞 153
樹 160
橐 167
錫 168
賴 172
褮 195
燎 196

十七畫

戲 35
薦 36
鹹 58
盩 69
穗 87
燮 93
簋 98
爵 99
嬰 109／171
輿 134
嬦 143
襄 144
繁 188
還 191
壑 192

十八畫

雚 42
雙 43
嚚 71
釐 88
嚮 95
醯 101
雝 124
嚭 165
歸 185

十九畫

麗 34
離 45
龏 48
龐 48
寵 48
獸 52
識 58
辭 82
瀕 132
關 138
藝 141
爇 141
嚋 145

二十畫

嚴 166
爐 95／167

寶 172

二十一畫

灋 37
囂 71
竈 93
饗 95
鐵 169

二十二畫

聽 140
鑄 164

二十三畫

蠱 40

二十四畫

羈 38
鷹 41

二十五畫

廳 123

一、動物篇

1 野生動物／打獵的對象

第一冊 P.019

鹿 ㄌㄨˋ lù

鹿字出現的數量非常多，很容易看出都是描寫頭上生長一對犄角的偶蹄動物。由於是側面描繪，四隻腳被畫成了兩隻腳，是所有表現動物字的通例。

甲

麗 ㄌㄧˋ lì

鹿類動物頭上的犄角被放大，畫得非常仔細。美麗與否的概念是抽象的，而透過描繪這一對鹿角，將美麗、華麗的意義傳達出來。

甲

金

虎 ㄏㄨˇ hǔ

描繪一隻軀體修長、張口咆哮，兩耳豎起的動物象形，很容易看出是一隻老虎的模樣。

甲

金

虣(暴) ㄅㄠˋ bào

一把戈，面對一隻老虎，表達以兵戈搏鬥老虎，是缺乏理智的粗暴行為，安全的方式是以遠射或設陷阱的方法獵捕。

戲 ㄒㄧˋ xì

由老虎頭部，戈以及凳子三個單位組成，描繪一個人拿著兵戈，演出刺殺高踞於凳子上的老虎的把戲。

虢 ㄍㄨㄛˊ guó

商周時代，不但有械鬥老虎的表演，還有比之更為驚險的徒手搏鬥老虎的節目。表現兩手與一隻老虎扭鬥的情狀，無疑更為刺激，更能吸引觀眾，是表現英雄威風的節目。虢是地名，在商代是以戲虎節目見長的地方。

象 ㄒㄧㄤˋ xiàng

大象生活於茂密叢林或熱帶樹林稀少的草原環境，是現今陸地上體形最龐大的動物。甲骨文清楚描繪一種鼻子長而彎曲的動物。由地下的發掘可以證實，象群曾經長期在中國境內好幾個地方生息過。

為 ㄨㄟˊ wéi

一隻手牽著象的鼻子，而有所作為的樣子。創意大概從大象被馴服以搬運樹木、石頭一類重物的工作而來。

甲 金

薦 ㄐㄧㄢˋ jiàn

描繪一隻廌獸藏身在草叢中。這種動物吃薦草（草料編織的蓆子），夏天住在水澤的地區，冬天住在有松柏的樹林。薦的意義是草料編織的蓆子，是以廌所吃的草料來表意。

金

兕 ㄙˋ sì　犀 ㄒㄧ xī

描繪頭上有一隻大獨角的動物。這種動物在商代還常常見到被捕獵，被擒捕的地點有好多處。甲骨文曾經有過捕獲四十隻兕的記載，顯然是一種在商代還大量存在的野生動物。一角在鼻和一角在頂，是兕或犀的共同和獨特的形象。

甲

篆

廌 ㄓˋ zhì

解廌 ㄒㄧㄝˋ ㄓˋ xiè zhì

描繪長著一對平行長角的動物，側面的形象。從字形看，應該是廌字。廌獸是古代生存過的動物，商代卜辭說明這種動物的毛色是黃色。廌後來或寫做解廌、解豸、獬廌、獬豸。商代以後氣溫轉冷，廌就往南遷移，終於在中國境內完全絕跡。

灋（法） ㄈㄚˇ fǎ

以廌、水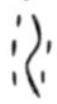和去三個構件組成。古代傳說，廌會用牠的角去觸碰有罪的人，把廌牽到嫌疑者旁，如果廌用角去觸碰他，就表示這個人有罪，所以廌獸成為法律的象徵。

慶 ㄑㄧㄥˋ qìng

字型是廌與心的組合，廌獸的心臟被認為是具有藥用或美味的食物，若能獲得，就足以慶祝的意思。

羈 ㄐㄧ jī

描繪廌的雙角被繩子所綑綁住。創意來自驛站裡做為官府拉車或坐騎的廌獸，使用繩索捆綁住雙角做記號，才不會與百姓的廌獸有所混淆，更含有要加以愛護的意思。

甲

2 野生動物／四靈

第一冊 P.057

龍 ㄌㄨㄥˊ lóng

描繪一隻頭上有角冠，上頷長，下頷短而下彎，張口露牙，身子蜷曲而與嘴巴不同方向的動物形象。

甲

金

熯 ㄏㄢˋ hàn

一個人兩腳交叉或張開，在火上的樣子。造字創意可能來自於荒年而肚子餓，用手壓擠肚子向上天叫嚷，要求賞賜食物的樣子。這個人很可能是有能力與鬼神溝通的巫師，而燒烤巫師以祈求降雨的信仰，到春秋時代還很普及。

甲

金

舞 ㄨˇ wǔ

描繪一個人雙手拿著類似牛尾的道具正在跳舞，字形可分解為一個正面站立的大人形，兩隻手拿着舞具。舞具的作用，是讓舞者跳起舞來舞姿好看，舞容多變化。商代最常使用的祈雨方式便是舞蹈。

甲 金

鳳 ㄈㄥˋ fèng

一種頭上有羽冠，尾巴有長長的羽毛和特殊花紋的鳥類。很可能是依據孔雀或其他形似的大型鳥類來描繪的。鳳經常與龍成雙配對出現，分別代表皇后與皇帝，或象徵女性與男性，是婚禮中所不可或缺的裝飾圖象。

甲

風 ㄈㄥ fēng

在鳳的象形字上加上一個凡或兄的聲符，而成為表達風意義的形聲字。

甲 篆

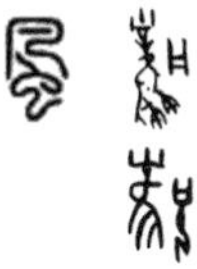

龜 ㄍㄨㄟ guī

描繪一隻烏龜的側面形象。龜在商代的最大用途是做為占卜的材料。遠在五千多年前，人們就燒灼大型哺乳類動物的骨頭，根據骨頭被燒裂的紋路，占斷事情吉凶的徵兆。

甲 金

龜的耐饑、耐渴、長壽等異常天賦，讓古人相信龜有神異的力量，可以與神靈溝通。

蛇 ㄕㄜˊ shé

甲骨文的「它」字型，描繪腳趾被蛇咬到的樣子。金文的「它」字型，看起來是描繪一條蛇的形象。這條蛇看起來身子挺直豎立，正在戒備，即將展開攻擊。「它」經常被假借為狀聲辭，後來就在原形加上義符虫而成為蛇字。

甲

金

篆

虫 ㄏㄨㄟˇ huǐ

描繪一條爬在地上的蛇形，也可以代表各種或大或小、爬行或飛翔，或有無毛髮、鱗甲的所有生物。

甲

金

蠱 ㄍㄨˇ gǔ

描繪幾條小蟲在一個容器內的樣子。中國文字常用三個數目表達多數，排列成上一下二的三角形態，所以演變為皿上三條虫的字形。古代不用殺蟲劑，古人很容易想像諸如蛔蟲、瀉肚、牙痛等等病疾，都是飲食不慎，吞下小蟲所引起的。

甲

3 一般動物／鳥類與其他

第一冊 P.097

鳥 ㄋㄧㄠˇ niǎo　隹 ㄓㄨㄟ zhuī

在甲骨文中，有兩個鳥類的象形字，「隹」與「鳥」。兩個字都描繪鳥的側面形象。兩字相比，「鳥」畫得比較仔細，羽毛看起來比較豐富的樣子。兩字都被用來做鳥類形聲字的意符。

甲

金

甲

金

烏 ㄨ wū

描繪一隻鳥的側面，但是早期字形都有嘴巴朝上的特點。烏鴉的啼叫聲也很特別，不悅耳，有人以烏鴉的啼叫代表凶險。後來字形慢慢訛變，這一特點就不見了。烏鴉全身的羽毛漆黑，也被用以表達烏黑、黑暗的意義。

金

篆

鷹 ㄧㄥ yīng

甲骨文以一隻鳥與一隻彎曲的腳爪表達鷹具有銳利的鉤爪，牠可以在幾百公尺的高空盤旋，找到獵物時，就快速向下衝刺，以利爪鉤取獵物飛去。

金

篆

萑 ㄏㄨㄢˊ huán

這個字描繪貓頭鷹獨有的、頭上有毛如角狀的特徵。除了貓頭鷹的意義之外，在甲骨文大都假借為新舊的「舊」。後來為了分別，就在萑字加上臼的音符而成為「舊」。

雚 ㄍㄨㄢˋ guàn

描繪常常鳴叫的鸛鳥，叫聲宏亮吵雜，有如多張的嘴巴在鳴叫一般。後來，雚加上「見」的意符而成為「觀」，加上「鳥」則成為「鸛」。

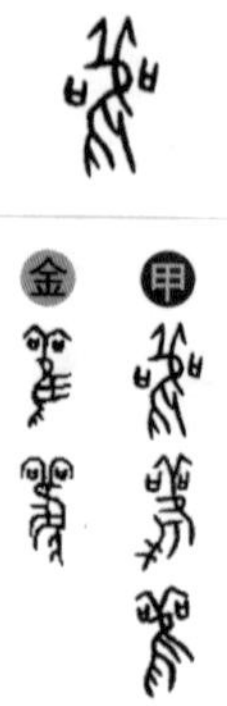

雀 ㄑㄩㄝˋ què

由「小」與「隹」組合而成，代表屋頂上常見的小鳥。

雉 ㄓˋ zhì

「矢」與「隹」的組合。這是有線纏繞的箭，當射中獵物時可以尋線找到獵物，若射不中獵物時，也可以把線拉回來，不致遺失貴重的箭。這種箭上的線索有長度限制，只能用來射飛行不高的鳥類。

燕 ㄧㄢˋ yàn

表現一隻展翅飛行的燕鳥形象。燕子是候鳥，季節到來時，從他處飛來，季節尾聲又飛走。燕子有季節指標的功能，對於人們安排生活有很大的幫助。

舄 ㄒㄧˋ xì

這個字的特徵是鳥的頭上有好幾簇高聳的羽冠，可能代表鵲鳥，不過在金文銘文裡「舄」不是指鳥類，而是指長官賞賜給高級官員行禮用的鞋子。

隻 ㄓ zhī

描繪手中捉著一隻鳥的樣子，重點在於掌握到東西，故引申為「獲得」、「收穫」的意思。

雙 ㄕㄨㄤ shuāng

表現出手中捉有兩隻鳥，意義為「兩件同樣的事物」。

鳴 ㄇㄧㄥˊ

míng

字形強調一隻張嘴的鳥與一個人的嘴巴形狀，表現出張嘴鳴叫的創意。

甲 篆

進 ㄐㄧㄣˋ

jìn

一隻鳥與一個腳步的組合。金文則加上一個行道的符號，因為腳是為行走而生，行道則是為行走而設，在古文字裡這兩個符號可以相互替代。

甲 金

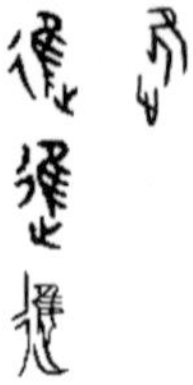

習 ㄒㄧˊ

xí

字形中的羽毛，用以表示鳥不停的振動雙翅，會發出短暫的「習習」聲，古人借用這個情景創造「重複」的意義。讀書需要重複的練習、複習，所以有學習的意思。

甲 篆

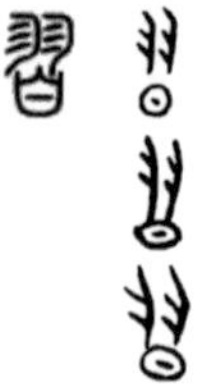

集 ㄐㄧˊ

jí

一隻鳥棲息於樹上的樣子。金文則三隻鳥在樹上的字形，意思是很多事物聚集在一起，用三隻鳥在樹上以正確表達它的意義。

甲 金

喿 ㄗㄠˋ zào

一棵樹上有三個口的形狀。口代表鳥的嘴巴。不同的鳥，不同的音調，一起在樹枝間啼叫，顯得非常吵雜煩人。

金 篆

焦 ㄐㄧㄠ jiāo

一隻鳥在火上面，表示把鳥燒烤來吃，且要烤得有點燒焦才好吃，所以也借用表達心裡焦急的狀態。

金 篆

離 ㄌㄧˊ lí

描繪一隻鳥被捕鳥的網子捉住。有的網子架設在一個固定的地方，靜待鳥兒自己前來投網。活捉的鳥兒可以拿來關在籠子裡觀賞，鳥身上的羽毛也比較能保持完整，可以拿來裝飾服裝。

甲 金

奪 ㄉㄨㄛˊ duó

構件較為複雜的字，有衣、手、隹，以及衣裡頭的三個小點，表現誘騙鳥類前來啄食的米粒。字形描繪以衣物作為陷阱，這時鳥已被使用衣服作的網所罩住，被捕捉到而持拿在手中時，掙扎想要脫逃的樣子。

金

奮 ㄈㄣˋ fèn

表現一隻鳥被設在田地上以衣服架設的陷阱所困住，振動翅膀想脫離困境；或表現鳥在田地上被用棍棒所驅逐，而奮起飛翔的樣子。

魚 ㄩˊ yú

描繪一尾魚的形狀，鱗、鰭等特殊魚類的形象都有表現出來。

漁 ㄩˊ yú

甲骨文有不同的字形，反映捕魚的不同方式，比如有手拿著釣線釣到魚，或以手撒網捕魚等等。

魯 ㄌㄨˇ lǔ

描繪盤子上有一尾魚。

能 ㄋㄥˊ néng

表現一隻熊的側面形象。「能」是「熊」的象形字，因為熊獸雄壯有力氣，所以被借用以表示有能力者；並另造「熊」字以代表熊獸。

金

兔 ㄊㄨˋ tù

字形描繪的重點，是兔子的上翹的小尾巴。

甲

篆

逸 ㄧˋ yì

由「兔」與「辵」字組合。辵是表示行走於道路，所以表現出兔子在道路上，有善於逃跑的意義。

金

篆

4 家畜／五畜與其他

第一冊
P.145

豢 ㄏㄨㄢˋ huàn

描繪以雙手捧著一隻豬的樣子。用雙手捧著懷孕的母豬，是害怕母豬有所意外，含有加以照顧的意思。

龔 ㄍㄨㄥ gōng

這個字除了作為龔王的名字之外，都作為恭謹樸實的意義。後來的典籍多用龔或恭字取代，描繪以兩隻手抱起一隻龍的樣子。

龐 ㄆㄤˊ páng

寵 ㄔㄨㄥˇ chǒng

「宀」和「广」都是有關建築物的意符，兩個字都是以「龍」與「房屋」組合的字，一個是表意字，一個是形聲字。「龐」有高屋的意義，因飼養「龍」的空間需要寬敞高大。「寵」則是假借龍的讀音，表達尊貴者的房屋。

畜 ㄔㄨˋ chù

是動物的胃連帶有腸子的形狀。古代未有陶器之前，人們常以動物的胃作為天然的容器以儲存水、酒以及食物，方便於行旅時使用。所以還有收容、保存等的引申意義。

甲 金

牧 ㄇㄨˋ mù

描繪一手拿著牧杖，在引導或驅趕牛、羊隻從事放牧的工作。

甲 金

羊 ㄧㄤˊ yáng

一隻動物的頭有一對彎曲的角狀。最上兩道彎曲的筆畫代表兩隻角，斜出的線代表兩隻眼睛，中間的直畫是鼻梁。

甲 金

敦 ㄉㄨㄣ dūn

以「享」與「羊」組合而成，敦的創意與烹飪有關係；「享」是一座有臺基的建築物形。這種建築物興建費工，是作為享祭神靈的目的而建造。羊則是古代奉獻給神靈的重要牲品。供奉於神靈之前的羊肉需要燉煮得很爛，就是此字的意思。

甲 金

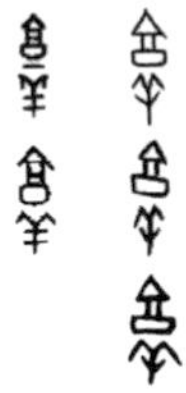

牛 ㄋㄧㄡˊ niú

描繪一隻牛的頭部形狀。體型高大，壯碩魁偉，屬於哺乳綱偶蹄目，牛是中國很常見的家畜之一。

牡 ㄇㄨˇ mǔ

牝 ㄆㄧㄣˋ pìn

區分動物的性別，在商代是很重要的事。甲骨文習慣用「土」表達雄性動物，用「匕」字表達雌性動物。在牛旁邊加上「土」或「匕」，就可區分是公還是母。

牢 ㄌㄠˊ láo

表現出有一隻牛或羊在一個有狹窄入口的牢圈內。兩者分別是精選過牛或羊，在特殊的柵欄中飼養，不放任使四處啃食不清潔的草料，等待作為祭祀使用的精選牲品，表示對神的尊敬以及慎重。

犁 ㄌㄧˊ lí

此字是由一把農地上翻土的犁，兩小點或三小點是被翻上來的土塊，結合牛字而成。犁牛是以功能而命名的。

豕 ㄕˇ （豬） shǐ

一隻體態肥胖，短腳而尾巴下垂的動物的側視形狀。這是家豬的一般外觀。

彘 ㄓˋ zhì

一枝箭穿過豬的身體的樣子。這枝箭是獵人所射，代表打獵所得到的野生品種。

豖 ㄔㄨˋ chù

豖是閹割過的豬種，作性器已遭閹割而與身軀分離的動物的形象。體外的一道小小的筆畫是生殖器的象徵。

家 ㄐㄧㄚ jiā

描繪一個屋子裡養有一隻或多隻豬。從金文到小篆的字形，基本上結構都不變。

豚 ㄊㄨㄣˊ tún

是一隻豬與一塊肉的樣子。豚是小豬，小豬的肉最為細嫩，最為可口。但要等到長大了，肉最多，最具經濟效果的時候才宰殺。除非是重要的時機，平時是不會宰殺小豬來吃的。

馬 ㄇㄚˇ mǎ

描繪一匹長臉，長髦奮發，身軀高大的動物形象。

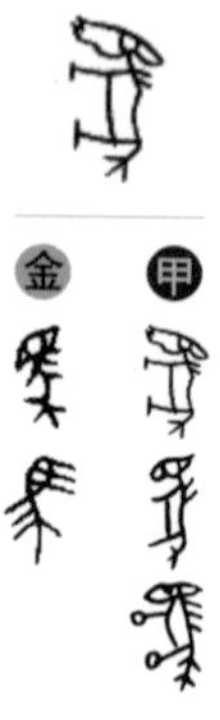

犬 ㄑㄩㄢˇ quǎn

描繪一條狗的側面形象，身材細，尾巴上翹。

獸 ㄕㄡˋ shòu

字形是描繪一把打獵用的網子，以及一隻犬。兩者都是打獵時需要的工具，所以用來表達狩獵的意義。後來才擴充其意義至被捕獵的對象，野獸。

器 ㄑㄧˋ qì

一隻犬與四個口組合的結構。當狗遠遠的嗅聞到陌生來者的侵犯，便以連續的吠聲通知主人。所以器字裡頭的四個口，代表以連續的吠聲，有如四張嘴巴一起吠叫，來通知主人。

金

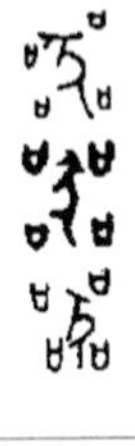

伏 ㄈㄨˊ fú

一隻狗趴伏在一個人的下半部，就像是我們一般看到，狗兒趴伏在主人腳下的模樣。

金

篆

二、戰爭與刑罰篇

1 原始武器

第二冊 P.033

父 ㄈㄨˋ fù

手拿著石斧的樣子，石斧是古代男子工作的主要工具，砍樹、鋤地等重要的工作都需要使用它。

斤 ㄐㄧㄣ jīn

一種在木柄上綑縛石頭或銅、鐵質材的伐木工具，可以使用雙手砍伐樹木，也可以用來挖掘坑阱、翻耕田地等等。

兵 ㄅㄧㄥ bīng

雙手拿著一把裝有木柄的石斧形狀（斤）。在古代，工具常做為武器使用。

2 戰鬥用武器

戈 ㄍㄜ gē

一把在木柄上裝有尖銳長刃的武器，模樣可能取自農具的鐮刀。銅戈是針對人類弱點所打造的新武器，是戰爭升級、國家興起的象徵。

甲

伐 ㄈㄚ fā

拿「戈」砍擊一個人頸部的樣子。

甲 金

戍 ㄕㄨˋ shù

「人」與「戈」字的組合，是一個人以肩膀擔荷著兵戈、守衛疆土的樣子，有戍守邊疆的意義。

甲

第二冊
P.043

戒 ㄐㄧㄝˋ jiè

雙手緊握著一把「戈」，表現出警戒的備戰狀態，因為要攻擊敵人時，使用雙手才有力道，以雙手持戈是一種備戰的姿勢，所以有戒備的意義。

戠（識） ㄓˊ zhí

由戈字與三角形組成，後來三角形之下加了一個口，以兵戈砍斫某個物件後，留下了一個三角形標記，做為識別，延伸為表達識別、辨識的意思。

馘 ㄍㄨㄛˊ guó

是一把兵戈和繩索懸吊著眼睛的組合。古文字常以眼睛代表頭部，表現敵人的頭顱被懸掛在兵戈上的樣子，是殺敵的成果。

取 ㄑㄩˇ qǔ

是耳朵被拿在手中的樣子。軍人殺死敵人之後，為了領賞，割下其左耳。

臧 ㄗㄤ zāng

一隻豎立的眼睛，被兵戈刺傷的形狀。刺傷罪犯的一隻眼睛，能降低戰鬥力，卻不會減低工作能力，更順從主人旨意。這個字有臣僕和良善兩種意義。

矛 ㄇㄠˊ máo

甲骨文沒有「矛」字，來源可能是楙ㄇㄠˋ中間的矛構件，木柄筆直，前端是刺人的尖銳物，柄旁的圈，可用來繫綁長繩索用來投擲。

弓 ㄍㄨㄥ gōng

甲骨文字形，「弓」或有弦線，或還沒掛上弦線時的形象。弓箭的發明，使人們不必太接近野獸卻仍可殺傷牠們，避免許多危險。

弘 ㄏㄨㄥˊ hóng

弓的下方，有一勾起的裝置，掛住弓弦，讓弓弦發射出更強的力道，用來形容盛壯、宏大，是抽象的意義。

強 ㄑㄧㄤˊ qiáng

甲骨文中可見，弓弦拉張得好像「口」的形狀，才是強勁有力的弓。口字後來在快速書寫下變成了厶，但會與弘字混淆，就加上一個虫，成了形聲字。

甲 金

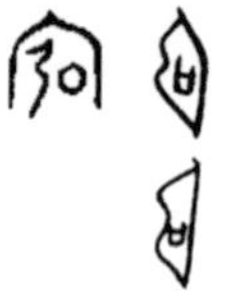

彈 ㄉㄢˋ dàn

一塊小石塊在張著的弓弦上等待發射的樣子。

甲

矢 ㄕˇ shǐ

一支箭的形狀。箭的尖銳前端，用來殺傷目標，末端嵌有羽毛，作用是穩定飛行。

甲 金

齊 ㄑㄧˊ qí

幾個箭鏃的形狀。一支箭由鏃、桿、羽三部件組成，三者各要一樣的長度和重量，才能使飛行的軌道有一致規度，後來就取其為齊平、齊整的意義。

甲 金

葡（備） ㄅㄟˋ bèi

一或兩支箭安放在開放式的箭架上的樣子，可立即抽出箭來發射，有隨時備戰的意思，所以發展成預備、準備的「備」字。

甲 金

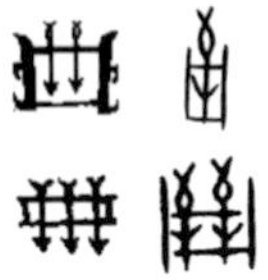

函 ㄏㄢˊ hán

容納箭的袋子的象形字。箭袋之外的圈子，可以穿過皮帶繫在腰上，是一種封閉式的袋子，把箭完全包含在其中，所以才引伸有包函、信函的意義。

甲 金

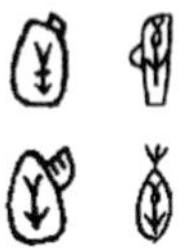

侯 ㄏㄡˊ hóu

將甲骨文橫著看，是箭插在箭靶上的樣子，練習射箭時，靶可以檢驗箭有無射中靶的。射靶與侯爵有雙關含意：不來朝廷向王致敬，就將你（靶）豎立起來射擊。

甲 金

射 ㄕㄜˋ shè

甲骨文是一支箭停放在弓弦上，即將射出的樣子。後來，弓誤寫成了「身」，或把矢省略，而又（手）也演變成「寸」，結果就無法解說當初造字的創意了。

甲 金

3 儀仗用武器

第二冊
P.083

戉 ㄩㄝˋ yuè

是一把有柄寬弧刃的重兵器形，以重量為打擊重點的工具，主要施用於處刑，因此發展成為權威的象徵。

甲

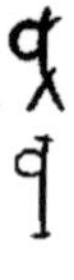

金

戚 ㄑㄧ qī

窄長平刃形的有柄武器，其刃部的雙胡上有並列的三個突牙為一組的裝飾。主要的功能可能做為跳舞的道具。

甲

戊 ㄨˋ wù

是直柄上綑綁了件橫置的器物形，但刃部多了一個短畫，表示前端的刃部並不是尖銳的。「戊」的攻擊的方向只有直擊，不宜做為戰鬥的利器，主要是做儀仗使用。

甲

戌 ㄒㄩ xū

一把直柄的武器，其刃部有相當寬度，使用方式為直下砍殺，攻擊面大，必須使用厚重的材料製作。主要是做為執行刑罰的武器，也是司法權的象徵。

我 ㄨㄛˇ wǒ

一種直柄的武器，前端是三個分叉形狀。這種武器的殺敵效果更差，所以是做為儀仗使用的。

義 ㄧˋ yì

在「我」形武器的柄端，以羽毛一類的東西裝飾，為禮儀所需的用具，不是實用的武器。在金文字形中，裝飾的物件逐漸類化成為「羊」字。有「人工」的引申意義，如「義足」。

咸 ㄒㄧㄢˊ xián

由「戌」與「口」組合的表意字，創意可能來自儀仗隊成員訓練有素，喊出整齊劃一的言語，所以才有皆、全部等抽象意義。

成 ㄔㄥˊ chéng

在甲骨卜辭的意義，是作為開國之王成湯的名字。與咸字字形相似。

甲

歲 ㄙㄨㄟˋ suì

類似「戌」和「戊」的武器形，在刃部中間多了兩個小點，表現刃部彎曲得厲害，它是一種儀仗。甲骨文加上「步」字成為現在的「歲」字。歲星（木星）被認為是軍事行動的徵兆。

甲 金

4 防護裝備

第二冊
P.103

干 ㄍㄢ gān

描繪頂端有格架敵人攻擊及殺敵的矛尖，中間的回字形，代表防身的盾牌，下面是長柄。是防禦性的裝備，引申為干犯的意思。

甲 金

甲 ㄐㄧㄚˇ jiǎ

穿在身上的甲，最早只畫個簡單的十字交叉，代表與敵人交戰時，穿在身上的保護裝備。

胄 ㄓㄡˋ zhòu

保護頭部避免受到對方攻擊的帽子稱為胄，在金文字形中，最下面是一隻眼睛，代表頭部，上面是頭盔以及一支管，可以插上羽毛，容易被看到並讓部下接受指揮。

卒 ㄗㄨˊ zú

是由很多小塊的甲片，縫合起來的衣服樣貌。在西周以前，卒是穿戴甲胄的高級軍官，當甲胄成為士兵的普遍裝備後，卒就用來稱呼普通士兵。其後，地位更低下，便成為罪犯了。

介 ㄐㄧㄝˋ jiè

一個人的身上前後，有許多小塊甲片的樣子。由許多鱗片般的小甲片聯綴、縫合而成的護身裝備，將穿戴者的身體包裹起來；介字有介甲、纖介等與小物件有關的意義。

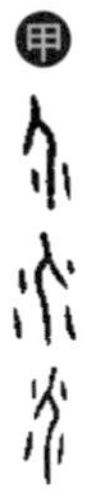

戎 ㄖㄨㄥˊ róng

是戈字與甲字的組合。戈是攻敵的武器，甲是穿在身上的防護裝備，兩者組合起來，表達軍事的意義。

5 軍事行動

第二冊 P.115

中 ㄓㄨㄥ zhòng

是在一個範圍的中心處，豎立一支旗杆的樣子。杆子上有時有旗幟，表示一個地區的中心所在。聚落的官長，要宣告事情給在田裡工作的居民時，就用不同的顏色、形狀、數量的旗幟升上旗桿，讓遠地的居民可以了解宣告的內容。

族 ㄗㄨˊ zú

在旗游飄浮的旗桿下，有一或兩支箭的形狀。箭是軍隊必備的殺敵裝備，「族」字表達在同一支旗幟之下戰鬥單位的意思，是小單位的戰鬥組織。

旅 ㄌㄩˇ lǚ

是二人（代表多人）聚集在同一支旗幟之下的樣子，相對於小集團的「族」，「旅」是有萬人成員的大組織，字形是兩人（代表多人）聚集在同一支旗幟之下的樣子。

游 ㄧㄡˊ yóu

甲骨文是一個男孩和一支旗子的組合。到了金文，出現加了意符的字形；創意可能是孩子拿玩具旗子遊戲，假借「斿（ㄧㄡˊ）」字稱呼旗子上的飄帶。因飄帶波動如水，就加水而成斿聲的游字。

6 掠奪

第二冊 P.129

孚 ㄈㄨˊ fú

一隻手捉著一個小孩的頭的樣子。意指在一條路上，一個小孩被一隻手捉住的樣子。是指捕擄小孩為奴隸。小孩比較容易被洗腦而對主人效忠，孚字便引申有誠信的意思。

妥 ㄊㄨㄛˇ tuǒ

以一隻手壓制一名女性的樣子。表示俘奴，有壓制的意思。

奚 ㄒㄧ xī

一個成年的男子或女子的頭上，被一條繩索綑綁住，並被掌握在另一隻手裡的樣子。罪犯常被充當奴僕，只要捉緊套在罪犯頭上的繩子，就會因呼吸困難而難於抵抗。

執 ㄓˊ zhí

罪犯雙手接受刑具的樣子，有時頭與手也被械梏在一起，在金文的字形中，已經沒有頭也被梏住的字形了，而且雙手也脫離了刑具。

圉 ㄩˇ yǔ

雙手被刑具械梏的罪犯，關在牢獄裡；也或者是牢獄裡有一件刑具的樣子。為防止罪犯逃亡，會將罪犯關進牢獄中。

報 ㄅㄠˋ bào

以一隻手壓制雙手被刑具鎖住、跪坐的人犯。向上級報告罪犯已經抓到了。

甲 金

盩 ㄓㄡ zhōu

由三個構件組合，左上是刑具，右上是一隻手拿著棍子（攴），下部是器皿，表達用棍棒打擊罪犯以致於流血，而用器皿承接的意思。

金

訊 ㄒㄩㄣˋ xùn

一個人的雙手被綁在身後，有一張口在訊問的樣子，所以有問訊的意義。

甲 金

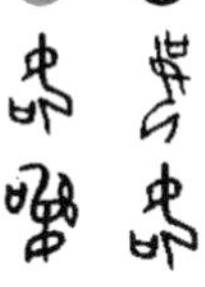

敬 ㄐㄧㄥˋ jìng

以棍棒從身後敲打，並以嘴巴訊問刑犯的意思。本來的可能是針對貴族違犯者的一種警誡，後來假借為尊敬、禮遇的意思。

甲

7 刑罰

臣 ㄔㄣˊ chén

一隻豎起的眼睛。早期文字常以眼睛代表頭部，處在低處的下級人員，要抬頭才能見到位在高處的高級管理者。用來指罪犯以及低級官吏。

賢 ㄒㄧㄢˊ xián

臤，賢的原始字形，表示擁有控制奴隸的才能。有高層次的能力和管理效果，能組織和控制大量的人力去從事一件工作。

宦 ㄏㄨㄢˋ huàn

一個人的眼睛被關在有屋頂的牢獄中。當一個罪犯願意和管理層級的人合作，幫忙監視其他人犯時，就值得提拔充當為小吏。

第二冊
P.149

嚚 一ㄣˊ yín

臣的四周有五個圓圈。奴隸們常發牢騷，埋怨待遇不善，有如四張口發出吵雜的聲音令主人不悅，所以有愚頑、喜好爭吵等意義。

甲

篆

囂 ㄒㄧㄠ xiāo

頁的周圍有四個口。在古文字，頁代表人，是貴族的形象。貴族在指揮下屬時，聲調經常高而且急，有如眾口喧嚷，所以用來表示喧囂的情況與語調。

金

妾 ㄑㄧㄝˋ qiè

妾是女性罪犯。跪坐的婦女，頭上有個三角形的記號，有可能代表髮型，表達婦女已婚的狀態或其他特殊身分。到了金文，指臣妾等低職位的人。

甲

金

奴 ㄋㄨˊ nú

一名女性的旁邊有一隻手，表現受到他人控制的婦女。

甲

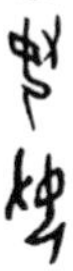

金

8 五刑與法制

第二冊 P.163

罰 ㄈㄚˊ fá

由網子、刀，和長管喇叭的象形所組成。喇叭是做為言論的意義符號。刀是傷人的利器。網子是捕捉野獸的工具。表示以刀傷人，或以語言傷人，都要接受被捕捉的處罰。

金

民 ㄇㄧㄣˊ mín

一隻眼睛被尖針刺傷的樣子。被針刺傷，就看不清楚東西，是對付罪犯的刑法。民，本來是指犯罪的人，後來才轉為稱呼被統轄的平民大眾。

甲 金

童 ㄊㄨㄥˊ tóng

眼睛被一支尖針刺傷，及聲符「東」。使用尖針刺傷眼睛，是對付男性奴僕的刑罰，有男僕的意義。東，是裝有東西的大袋子。童，後來被假借為兒童，所以在童字之上加人的意符，成為僮的形聲字，與兒童的意義加以區別。

金 篆

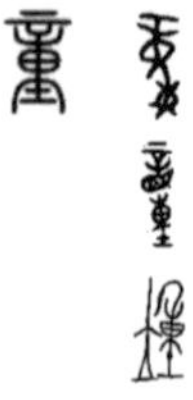

眢（怨） ㄩㄢ yuān

由一隻眼睛和一把挖眼睛的工具組成，是被挖掉一隻眼睛的刑罰。而一個人受刑過後，心中也不免有所怨恨吧，所以有「怨」這個字。

甲

黑 ㄏㄟ hēi

一個人頭部或臉上刺有字跡的樣子。用針尖在臉上刺花紋，並在花紋上塗上黑色的顏料，使其永遠存在的犯罪標記。這種刑罰，古代稱為墨刑。

金

宰 ㄗㄞˇ zǎi

一間房屋裡，有一把刺刻花紋工具，表示屋中有人掌握著處罰他人的權威，所以引申出宰殺、宰制等意義。

甲 金

辠 ㄗㄨㄟˋ zuì

一支刺刻花紋的工具及鼻子組成，表示在鼻子上方的額頭處刻紋。只有犯罪的人才會被執法者在臉上刺紋，用來表達犯罪的意義。

金

僕 ㄆㄨˊ pú

身穿僕人的服裝，頭上有罪犯的象徵，雙手捧著一個竹編的籃筐在傾倒垃圾。低賤的工作原是罪犯從事的，後來才慢慢演變成貧窮者的職業。

甲

金

劓 ㄧˋ yì

是一把刀和已被割下來的鼻子的樣子。金文的字形，是在鼻子下面加一個樹木的符號，表達把切割下來的鼻子高高掛在樹上，警告其他人不要違犯法令。

甲

金

刖 ㄩㄝˋ yuè

一隻手拿著鋸子一類的工具，正在鋸掉一個人的腳脛。

甲

縣 ㄒㄧㄢˋ xiàn

一棵樹上懸掛著一個用繩索綁著的人頭的樣子，就是現在使用的「懸」字。城門來往人最多，最可收到梟首示眾的效果，或許這是縣字成為司法判決的最小單位的原因。

金

赦 ㄕㄜˋ shè

一隻手拿著鞭子在鞭打一個人，以致於流血的程度（大字兩旁的小點），做為赦罪的替代。

金

9 軍事技能養成

第二冊
P.195

學 ㄒㄩㄝˊ xué

金文有幾個不同的構件：以雙手捧物、房屋的外觀、小孩子的形象，及相似於「爻」的字形。爻，是多層捆綁的繩結，古人面對大自然最基本的生活技能之一。

甲

金

樊 ㄈㄢˊ fán

使用雙手，將一根根的木樁，用繩子捆綁起來成為籬笆的意思。爻，是繩子打結、多重交叉的形象。

金

教 ㄐㄧㄠ jiāo

爻與攴的組合，再加上「子」的構件，完整表達以威嚇方式教導男孩子，學習綑綁繩結的技巧。

誖 ㄅㄟˋ bèi

盾牌一正與一反相疊的形象，這種武器可以攻擊或防禦，如果將盾牌相向，則有互相傷害的可能。在慌亂中列隊，會相互撞擊並傷害到自己人。

立 ㄌㄧˋ lì

是一個大人站立在地面的樣子（在物件之下的一横，常用來表示地面），有站立、立定、建立等相關的意義。

並 ㄅㄧㄥˋ bìng

兩個立字並排。兩個大人相鄰，站立在同一地面的樣子，有相併站立的意義。

替 ㄊㄧˋ tì

甲骨文中，一個立的位置，比另一個立的位置稍微偏低，如同排隊不整齊而敗壞了隊伍整體的形象。金文則是兩人並立一個陷阱裡，張嘴呼叫而不想法子脫逃的舉動。

鬥 ㄉㄡˋ dòu

兩個人徒手扭打的形象。打鬥是一種有效的體能訓練，也容易發展成帶有娛樂、競賽的競技活動，如角力一類的項目。

10 政府的管理者

第二冊
P.223

王 ㄨㄤˊ wáng

一個高窄的三角形上有一道短的橫畫，後來又在最上頭加上另一道短橫畫，最下面的三角形則變成一直線。三角形代表的是帽子的形象，這是為了在戰場中容易讓部下見到王者，以接受指揮。王者便戴起高帽子來指揮作戰，帽子成為王者的象徵。

皇 ㄏㄨㄤˊ huáng

在甲骨文與金文的時代，是輝煌的形容詞，本義為有羽毛裝飾的美麗東西，用來形容偉大、崇高、輝煌等。上半部的圓形，意義是冠冕，表現一頂有三岐突出、羽梢圖案裝飾的帽子形象，下半的結構是一個三角形，是帽子的本體。

令 ㄌㄧㄥˋ lìng

一個跪坐的人頭戴著一頂三角形的帽子，戴帽子的就是下達命令的人。可能是為了作戰方便，下達號令的人如果頭戴帽子，就會高出人群，容易被識別出來，接受其指令。

美 ㄇㄟˇ měi

一個人頭上裝飾著高聳彎曲的羽毛或類似的頭飾狀，用來表示美麗、美好等意義。頭飾在古代或氏族的部落，是一種很重要的社會地位表徵。

尹 ㄧㄣˇ yǐn

一隻手拿著毛筆。王者所委託代為管理事務的官員，通稱為「尹」。通曉文字是擔任官吏的一般條件。

甲 金

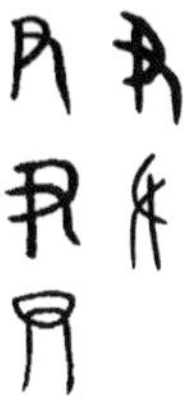

聿 ㄩˋ yù

「筆」字的初形，以一隻手握著一支有毛的筆。此字表達的是有關書寫的事務，就把散開的筆毛畫了出來。在有些字形中，則將筆毛省略了。

甲 金

書 ㄕㄨ shū

一瓶墨汁之上，一手握著一支有毛的筆管，點明毛筆蘸了墨汁就可以書寫。書字的原先意義是書寫，後來才延伸為書冊。

甲 金

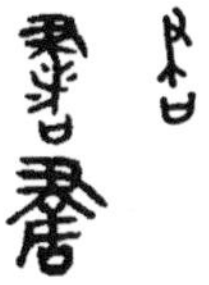

君 ㄐㄩㄣ jūn

一手握著一支有毛的筆管，而筆尖的毛已合攏。持拿毛筆寫字的人，就是發號施令的長官。

甲

畫 ㄏㄨㄚˋ huà

手拿著一支筆，畫出一個交叉的花紋，表達與書寫有關的事務，最遲至商代，通曉文字已是擔任官吏的基本條件。

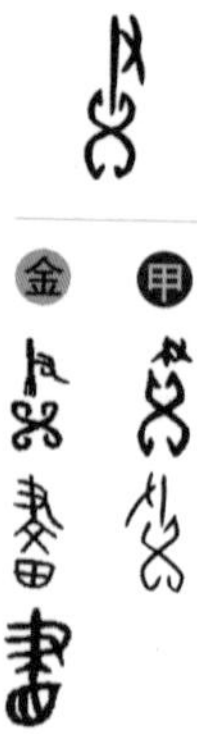

史 ㄕˇ shǐ、吏 ㄌㄧˋ lì、事 ㄕˋ shì

史的職務是使用可以書寫很多行的木牘，做現場的紀錄。這三字都由「史」字分化而來，表現一隻手，拿著放置木牘的架子。

冊 ㄘㄜˋ cè

使用繩索將很多根竹簡編綴成一篇簡冊。「作冊」的官職是接受命令，事前撰寫賞賜的文辭在多根竹簡上，然後把竹簡編綴起來成為一卷，讓受賞的人可以攜帶出場。

典 ㄉㄧㄢˇ diǎn

以兩隻手捧著一本已用細繩索編綴成冊的典籍。典字指稱重要的典籍，不是一般的文章。篇幅比較長，竹簡的數量也比較多，重量比較重，需用雙手來捧著讀。

巫 ㄨ wū

兩個I形交叉的器具形狀，是一種竹子製作、長約六寸的竹籌，並利用搬弄竹籌的排列得到一個數目，作為判斷吉凶的依據。以施行法術時所使用的工具形狀，來稱呼巫的職務。

祝 ㄓㄨˋ zhù

一人跪拜於祖先神位的示字之前，或張開嘴巴在祈禱，或兩手前舉做出祈禱的動作。祝在甲骨卜辭多為祝禱的意義，而不是一種職位的稱呼，在後代，是與巫有類似職務的官員，「巫祝」便成為一個複詞。

工 ㄍㄨㄥ gōng

工是懸吊著的磬樂器。在古代，音樂被認為有神異的力量，樂師是參與祭典的少數人，身分比其他工匠高，當音樂慢慢演變成娛樂節目，樂師地位下降，與百官同流，名為「百工」。

攻 ㄍㄨㄥ gōng

使用棒槌敲打懸吊著的石磬，然後刮磨磬體而致掉下石屑，用這種方式來調音。校音是為了改善音的品質，所以攻字也常有預期達到更好效果的引申意義。

辭 ㄘˊ cí

一隻手拿著一束在線軸上的絲線，一手拿著鉤針來整理亂絲，有治理的意義。

司 ㄙ sī

可能是甲骨文「辭」字的省寫，由鉤針與容器的字形組合而成，可能表達絲線治理後放進籃子裡，以待進一步的處理。

三、日常生活篇 I 食與衣

1 食／老祖宗吃的五穀雜糧

第三冊 P.033

食 ㄕˊ shí

一件食器的上面有熱氣騰騰的食物，及加有蓋子的形狀。有些字形還表現出水蒸氣冷卻後變成水滴滴下的樣子。

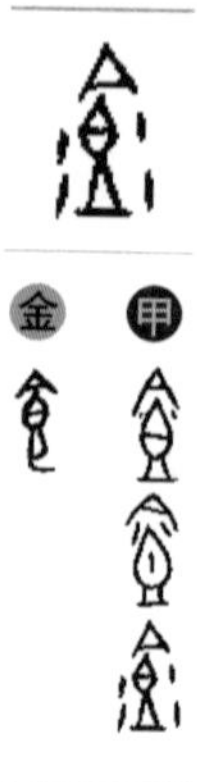

禾 ㄏㄜˊ hé

一株直稈直葉而垂穗的穀類植物。禾是穀類作物的總稱，中國人主要的活動區域在華北，主要種植的穀類作物是小米，「禾」應是取形於小米類的作物形象。

秝 ㄌㄧˋ lì

兩株「禾」並列的樣貌。

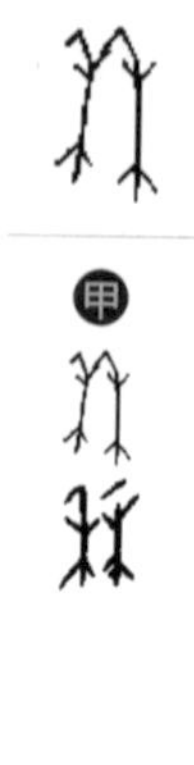

歷 ㄌㄧˋ lì

「秝」與「止」的組合，表現腳（止）可以走過兩行禾（秝）之間的小路。

黍 ㄕㄨˇ shǔ

一株有直立禾稈的植物形狀，卻與「禾」不同。「黍」的葉子向上伸而末端下垂。這個字常包含有水的形象（釀酒的用途）。

稷 ㄐㄧˋ jì

字形由兩部分組合而成，左邊是「禾」，右邊是「兄」。「兄」是「祝」的字形之一，一個跪坐的人，兩手前伸，唸出禱告文字。

穆 ㄇㄨˋ mù

「禾」的穗子已成長飽滿，因重量而垂下，仁實也長了細毛。

稻 ㄉㄠˋ dào

米粒在窄口細身尖底的陶罐上方。稻子是華南的產物，運輸往遠方，要儘量減低成本，只把稻米的仁實裝罐運到北方。

來 ㄌㄞˊ lái

一株植物的直稈及對稱的垂葉。有別於「黍」與「稻」，可能是小麥品種，因為是外來的品種，便假借為「來到」的意思。

麥 ㄇㄞˋ mài

由「來」與表現植物的根鬚、倒轉的「止」組成。麥子的根鬚特別長，可以深入地下吸取水分，在比較乾旱的地區也能生長。麥子在商代還很罕見，並非一般日常食品。

菽 ㄕㄨˊ shú

一隻手在摘取豆莢，是五穀中的一種。其字源是「尗」。

麻 ㄇㄚˊ má

在屋內（或遮蓋物）下面有兩株表皮已經被剖開的麻。麻的表皮被剖開以後需要用水煮，或長久浸泡水中去除雜質、分析纖維。多半在家中處理，因此造字強調麻多見於屋中的特性。

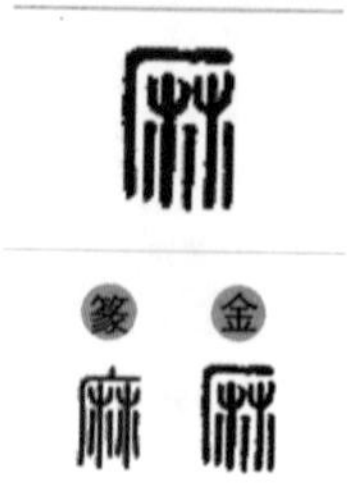

㪔（散） ㄙㄢˋ sàn

表現一隻手拿著棍子拍打兩株表皮已經離析的麻植物。麻的表皮不容易用刀具剝取，需以拍打的方式，讓表皮和莖分離，才容易剝取。在金文中，還有一個音讀相同，意義相關聯的「散」字，表現手拿棍棒拍打竹葉上的肉塊，打成碎肉。㪔與散的表現和動作近似，讀音相同，便結合為一字。

甲

金

（金

）

2 食／五穀雜糧的採收與加工

第三冊 P.071

穗 ㄙㄨㄟˋ suì

采，一隻手在一株禾的上端，是最原始的用手摘取成熟穀穗的意思，才有「禾穗」的意義。由於采與采（採）字形很接近，就另造了形聲字「穗」以取代之。

篆

差 ㄔㄚ chā

以手摘取（或拔起）整株禾。穀類最原始的採收方式，是以手摘取穗子；新石器時代以蚌殼割取，後來以石刀摘取穀穗。相形之下，以手摘取是沒有效率的方式，便引申有「不好」的意思。

金 篆

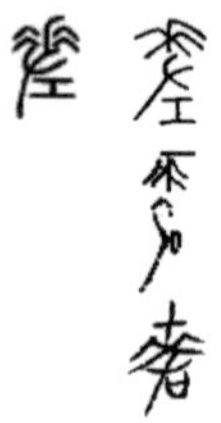

利 ㄌㄧˋ lì

表現一隻手把持住一株禾，以一把刀在根部切割成兩段。有刀割的「銳利」、加快收割速度的「利益」兩層意思。

甲 金

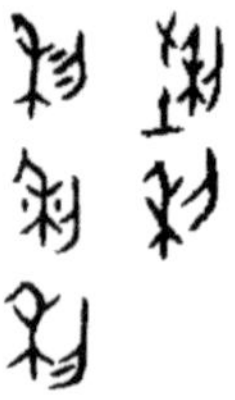

釐 ㄌㄧˊ lí

甲骨文的字形，表現一隻手拿著木棍拍打禾束，以脫下穀粒，是農家收穫的喜事；在金文中，多了一個「貝」的字形。農業稅收是國家財政重要來源，此字便有「治理」的意義。

甲 金

年 ㄋㄧㄢˊ
nián

甲骨文的字形是一個站立的成年男子，頭上頂著一捆禾束，在搬運的樣貌，穀物收割了，代表過了一年。金文中，「人」與「禾」漸漸分開，後來更演變成多了一道短橫畫的字形。

甲　金

委 ㄨㄟˇ
wěi

一名婦女頭上頂著一捆禾束，表意婦女搬運收割後的禾束。女性從事這種搬運的勞動，體力不堪負荷，引申有「委任」、「委曲」等意義。

篆

季 ㄐㄧˋ
jì

一個小孩的頭上，頂著一捆禾束。小孩是最後才會動用的人力資源，「季」就被用來表達次序之末，或某時節之末，如「季歲」、「季春」。

甲　金

舂 ㄔㄨㄥ
chōng

在一個臼的上方，一雙手在杵的兩旁，表達在臼中搗打穀粒的去殼工作。小點則表示穀粒。

甲　金

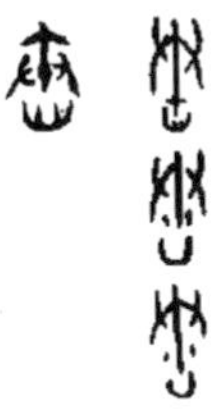

秦 ㄑㄧㄣˊ qín

雙手把持著杵捶打兩個禾束，製作可食用的精米。「秦」是一種祭祀的禮儀，或許是將新穀供獻於神靈之前的儀式，也可能是扮演收割場面的豐收舞蹈，以感謝神的賜福。

米 ㄇㄧˇ mǐ

以六個顆粒代表多數，並為了與其他字區別，用一道橫畫隔開。在商代，「米」原指稱已去殼的穀物仁實，如黍、稷、稻，而不是某種特定穀物的名稱。

粟 ㄙㄨˋ sù

一株禾類植物及仁實的顆粒形狀，強調已去殼的仁實，重點不在此植物的品種。「粟」與「米」可以代表任何穀類的顆粒。

粱 ㄌㄧㄤˊ liáng

以米為意符的形聲字，表示是已經去殼的仁實。文字構件還有刅、水、井，應是以刅為聲符的形聲字。粱是等級高的小米，是周代貴族用來祭祀以及宴客的穀物。

3 食／煮食方法與煮食器具

第三冊 P.099

炙 ㄓˋ zhì

一塊肉在火上直接燒烤，引申為「直接接觸」之意。

篆

肉 ㄖㄡˋ ròu

一塊肉塊的形象。狩獵所得的野獸或家畜，體格都相當大，要分解成肉塊，才方便料理、搬運。

甲

多 ㄉㄨㄛ duō

兩塊肉的形狀。古人選擇以兩塊肉塊來表達「多」的抽象概念。

甲

金

庶 ㄕㄨˋ shù

以石與火組合，描寫火燒烤石塊。古人外出打獵時，不便攜帶炊具，就使用石煮法。金文的字形中，「石」字形有變化，還加上了裝飾用的一短橫畫。因石煮法需要使用很多卵石，「庶」引申有「眾多」、「為數甚多的平民大眾」等意義。

甲

金

者 ㄓㄜˇ zhě、煮 ㄓㄨˇ zhǔ

表現容器裡有蔬菜以及熱水氣。「者」，是「煮」的來源。為了與做為助詞的「者」有所分別，在「者」下面加「火」，使「煮食」的意義更為明確。

甲

金

香 ㄒㄧㄤ xiāng

描繪陶器上面有麥、黍等穀物。穀物的枝葉、仁實通常在被燒煮熟了才會發出誘人食欲的香味——馨香來自於煮熟的穀物。

甲

燮 ㄒㄧㄝˋ xiè

一隻手拿著一枝細長的竹節在火上燒烤。用這種方法燒烤米飯，要等到竹節幾乎被烤焦才算燒熟了，有「大熟」的意義。

灶（竈） ㄗㄠˋ zào

描繪一個穴洞或家屋，與一隻昆蟲。燒煮飯菜的地方不免有昆蟲出沒，「燒竈」是一種如洞穴的結構，後來或許覺得「竈」筆畫太多，就創造了從火從土的「灶」。

鼎 ㄉㄧㄥˇ dǐng

最上部分表現口沿上的兩個提耳，最下部分是兩個不同形式的支角。最常見的鼎是圓腹三腳，這可在金文的圖形文字看出來。後來為了書寫方便，只以兩支腳表示。

具 ㄐㄩˋ jù

兩隻手捧起一個鼎，或從上面提起一個鼎的模樣。「陶鼎」是家家戶戶必備的燒食器具，所以有「準備」、「配備」等意義。

員 ㄩㄢˊ yuán

一個鼎及一個圓圈的形狀。絕大多數的陶鼎都是圓形的，造字者借用其來表達抽象的「圓」的意義。

鬲 ㄌㄧˋ lì

自「鼎」分化出來的器形。當時可能是為了節省柴薪，就把鼎的三個支腳作成虛空的袋足形式。「鬲」的支腳則是中空的，比較適合燒煮穀類。

徹 ㄔㄜˋ chè

「鬲」與「丑」的組合。「丑」是使力抓緊東西的動作，原義是「扭」。使用彎曲的手指伸進鬲的中空支腳，才能徹底把飯渣挖出，清洗乾淨，所以有「徹底」的意義。

4 食／飲食禮儀與食器

盧（爐） ㄌㄨˊ lú

爐子在支架上的形狀。金文時，若做為小型容器名稱，就加「皿」；若是青銅製作的小型燒火器具，就加「金」的意義符號。

甲　金

第三冊 P.139

卿 ㄑㄧㄥ qīng、饗 ㄒㄧㄤˇ xiǎng、嚮 ㄒㄧㄤˋ xiàng

兩個人跪坐在食物之前相對進食。中間大都是一個豆容器，上頭盛裝了滿滿的食物。「卿士」、「饗宴」、「相嚮」三個意義，都和貴族用餐的禮儀有關。

甲　金

即 ㄐㄧˊ jí

一個人即將進食，前往就位的動作。「即」是一種時態，也是抽象的意義，借用進食之前的動作，表達「即將發生」的狀況。

甲

金

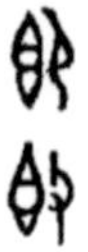

既 ㄐㄧˋ jì

日常生活中，一件事已經做了、一個跪坐進食的人，在食物之前，張開嘴巴、背對食物。完成了，這種抽象的時態，需要以字來表達。表達某件事情、某種工作已經完成了。

甲

金

次 ㄘˋ cì

一個人的嘴巴裡噴出小東西，描繪吃飯的時候有食物從嘴裡噴出的不禮貌行為，引申有「次等」的意義。

甲

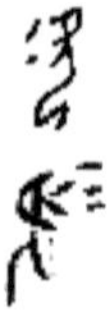

金

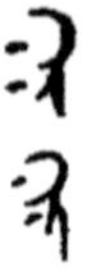

次（涎） ㄒㄧㄢˊ xián

一個站立的人，張開嘴巴，口水下流。在貴族聚會中，這副模樣是不雅觀的、失儀的。滴下的口水，後來被類化為「水」字。

甲

篆

盜 ㄉㄠˋ dào

描繪一個人見到盤皿中的美食，口水直流，禁不住想要偷偷品嘗。

盥 ㄍㄨㄢˋ guàn

一隻手在盤皿裡洗手的樣子。漢代以前人們都是用手抓食物吃，因此吃飯之前要先洗手。到了金文就改為用雙手，水點也轉化為「水」字，正確表現出雙手在盤皿裡以水清洗的模樣。

皿 ㄇㄧㄣˇ mǐn

表現出一個圓體、有圈足的容器，也有字形呈現出兩個提耳，可能是尺寸比較大，需要提耳以方便移動。「皿」的大小與用途沒有一定，可以做為用餐器具，也可做其他用途。

豆 ㄉㄡˋ dòu

圓體、有圈足的容器，並有畫出口沿，這是很多容器的基本外觀。「豆」是吃飯時最基本的食器。

簋 ㄍㄨㄟˇ guǐ

一隻手拿著一支匕匙，要拿取簋盛裝的飯。簋與豆的外觀相像，尺寸卻大得多，造字者以簋上的食物以及手持「匕」的特點，來強調「簋」的用途與「豆」不同。

甲

金

俎 ㄗㄨˇ zǔ

兩塊肉放在一個平面用器上。「俎」是擺放肉塊的用器，是祭祀時常見的供奉品物。乾醃的整條肉條放左邊，細碎的肉放右邊。到了金文，有的字形把兩塊肉移出「俎」外，並簡化成兩個「卜」成為小篆的字形。

甲

金

5 食／飲酒與酒器

第三冊 P.175

飲 ㄧㄣˇ yǐn

一個人俯首面對水缸（或酒尊），張口或伸出舌頭吸飲的樣子。造字者特意畫出舌頭，是為了強調舌頭辨味的功能。

甲

金

酒 ㄐㄧㄡˇ jiǔ

一個酒壺以及濺出來的三點酒滴。窄口長身的尖底瓶，是仰韶文化常見的器物。

茜 ㄙㄨˋ sù

雙手拿著一束茅草在酒尊旁邊，推測是以草濾酒的情景。酒在初釀成之時，含有穀物的渣滓，把渣滓過濾掉，才是比較高級的清酒。

爵 ㄐㄩㄝˊ jué

是一種器物的形狀。它的樣子非常繁複，有幾點特徵：口沿上有支柱，口沿附有口流，器底有三個支腳。金文的字形則多了一隻手，可以單手把握。

斝 ㄐㄧㄚˇ jiǎ

一件容器，口沿上有兩個立柱，器底有兩或三個支腳。對照商代出土的文物，便可了解字形是描繪名之為「斝」的器物，一種濾酒兼溫酒的器具。

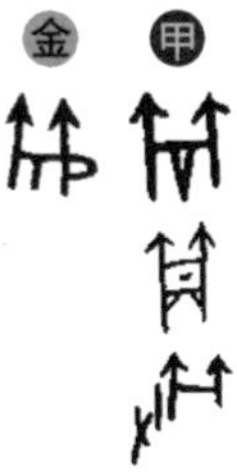

曹 ㄘㄠˊ cáo

在木槽上大量濾酒。上方兩個袋子是以纖維或繩索編織的，以過濾液體。木槽用來承受滴下的酒液，是酒坊裡過濾製造清酒的作業。

鬯 ㄔㄤˋ chàng

某種花草的花朵形狀。後世釀造「鬯」，使用椒、柏、桂、蘭、菊等植物的花瓣或葉子，這種有特別香味的酒，是祭祀神靈的重要供獻物品。

召 ㄓㄠˋ zhào

兩手拿著酒杯及勺子在一件溫酒器之上，表現間接溫酒的方式，似乎意味著飲宴的時間很長，慢慢飲酒、慢慢交談。

配 ㄆㄟˋ pèi

一個人跪坐在酒尊旁。原來在古代筵席中，每個人都配有自己的酒尊（或酒杯），可以用水把酒調和成自己習慣的濃度，是「配」的由來。

醯 ㄒㄧ xī

由三個構件組成，「酉」是盛裝在罐子裡的醋，是成年人低頭洗頭的倒栽形象，以及「盤皿」。古人以醋洗頭髮，或許因為醯的筆畫太多，後來改用「醋」表達。

篆

卣 ㄧㄡˇ yǒu

描繪將一種溫酒或冰酒的容器，放在一個較大、裝有熱水或冰塊的容器中，溫酒或冰鎮以招待客人。

甲

金

壺 ㄏㄨˊ hú

一個有蓋子的直身、圈足的容器。對照出土的文物，明顯就是稱之為「壺」的酒器。

甲

金

尊 ㄗㄨㄣ zūn

以兩手捧著一個酒尊。從壺分裝到小的盛酒容器，是在筵席中真正使用得到，這個小的盛酒容器就是「尊」。

甲

金

6 食／古人一天吃幾餐

第三冊 P.219

旦 ㄉㄢˋ dàn

表現出太陽即將自海面升起，或太陽已脫離海平面而映於其上的景象。後來，日下的部分，簡化為一道橫畫。

甲 金

采 ㄘㄞˇ cǎi

一隻手在一棵樹上，表現以手摘取樹上的果實或葉子。「旦」之後是「大采」，太陽的光彩不容易描繪，假借「采」表達。

甲 金

昃 ㄗㄜˋ zè

太陽把人的影子照得斜長，是太陽開始西下的時分，是過了中午的時段。

甲 金

昏 ㄏㄨㄣ hūn

太陽已下降至低於人的高度，是黃昏時段的另一種觀察。這個時段人們準備休息，不再辦事。

甲

莫(暮) ㄇㄛˋ mù

太陽隱入四個木或草的樹林之中。較簡單的字形，就省去下方的兩個草；較繁複的字形，是「鳥已歸巢」的景象。太陽此時已完全西下，光彩大減，只剩微光浮於天際，稱為「小采」，也稱為「莫」。

晝 ㄓㄡˋ zhòu

一隻手拿著一枝毛筆，以及一個太陽，表達陽光充足，還可書寫的白天時段。

夕 ㄒㄧˋ xì

夕，「前半夜」。是一個殘月的形狀，很清楚說明一天當中有月亮的時段。

夙 ㄙㄨˋ sù

夙，「後半夜」。一個人兩手前伸、膝跪地，是恭送月亮的動作。古代可能有官員每天負責恭送月亮，以及迎接太陽的禮儀。夙興夜寐，是工作勤奮的表現。

7 衣／穿衣文明的發展

第三冊
P.233

衣 ㄧ yī

一件有交領的衣服上半部形狀。有交領的衣服，是用布帛而非動物毛皮縫製的，是紡織業興起以後的服裝形式。反映農業社會進入以布帛縫製衣服的時代。

甲 金

初 ㄔㄨ chū

描繪一把刀和一件衣服；使用刀切割材料，開始製作一件衣服。動刀裁切是縫製衣服的第一個步驟，因此「初」有「開始」的意思。

甲 金

裘 ㄑㄧㄡˊ qiú

一件毛料顯露於外的皮裘形狀，金文字形則改變為形聲形式。衣裘一詞常用來概括所有的衣物。衣，以紡織的布料製作成，裘，以毛皮的材料縫合的。

甲 金

衰 ㄕㄨㄞ shuāi

畫有鬆散毛邊、表面不平整的喪服。古人為了表示對死去親人的哀悼，穿不美麗的衣服，服喪期間的衣服不縫邊，以示無心求美，引申有「衰弱不強」之意。

金

表 ㄅㄧㄠˇ biǎo

皮裘能夠彰顯美麗及權勢，但是人們又怕穿著讓它髒污了，於是加一層外衣掩蓋，卻不忘顯露一角以炫耀。「表」是指覆蓋毛裘的外衣，可以區分等級，引申有「表面」、「表揚」等意義。

篆

袁 ㄩㄢˊ yuán

長衣。經過長期農業社會生活，商代人們的衣服形式，大致屬於寬鬆、修長的風格，是不分男女、貴賤，婚喪、喜慶，甚至軍人都合宜的服式。

甲 篆

裔 ㄧˋ yì

一件有長裙襬的長衣。裙的邊緣距離上衣遠，所以引申有「後裔」的意思。

甲 篆

黹 ㄓˇ zhǐ

「黹」是刺繡的圖案，是一種得自上級的賞賜物品。以布帛縫製的衣服需縫邊，防止布邊綻散，就以布條縫成「交領」的形式。為了美觀，貴族階級在這布條上刺繡，稱為「黹屯（純）」。

甲 金

肅 ㄙㄨˋ sù

一個人拿著畫筆在描繪對稱的圖樣。「肅」是「繡」的原始字。描繪圖樣是刺繡的第一步工作。刺繡的時候要專心謹慎，才不會出錯，引申有「肅敬」、「嚴肅」等意義。

金

畫 ㄏㄨㄚˋ huà

一隻手拿著筆在圖繪一個交叉的線條形狀。繪圖是刺繡的第一步，畫的可能是衣緣的「黹屯」簡單圖樣。

甲 金

染 ㄖㄢˇ rǎn

由「水」、「木」、「九」三個構件組合，表達以植物（木）的汁（水）浸染多次（九）的染布作業。漢代普遍使用的染色劑，已進步到不容易褪色的植物色素。

篆

冂 ㄐㄩㄥ jiōng

「冂」是一片衣裙的形象，後來變成形聲字的「常」與「裳」。

金

巿（芾） ㄈㄨˊ fú

一幅「蔽膝」掛在腰帶上的形狀。「蔽膝」原是牧人工作時，用以保護下身和膝蓋的皮革衣飾。周族將「蔽膝」引進中原，成為貴族行禮時的服飾。

甲

爽 ㄕㄨㄤˇ shuǎng

一個大人，身上兩旁有井字形的符號，表示衣服上，紡織的孔目稀疏粗大，很透氣，穿起來舒暢涼爽，引申有「爽快」的意義。

金

8 衣／服制與飾物

第三冊 P.269

黃 ㄏㄨㄤˊ huáng

是一組掛在腰帶上、成組的玉珮形狀。中間的圓圈是主體的環璧，上面是接近腰帶的玉璜，下面是衡牙及玉璜一類的垂飾。「黃」的本義是「璜珮」，後來假借為「黃色」。

甲

金

帶 ㄉㄞˋ dài

上半部是衣服的腰部，被帶子束緊後呈現的皺褶形象，下半部是衣服的下襬佩帶有成串的玉珮形象。帶子不但可以用來束緊衣服，也可用來攜帶工具以及裝飾物件，引申有「攜帶」的意思。

金

篆

佩 ㄆㄟˋ pèi

左邊是一位站立的人形，而右邊是寬帶下有「佩巾」或「玉珮」的形象。

金

嬰 ㄧㄥ yīng

一串貝圍繞著頸子均衡懸掛著的形狀。因為頸飾是圍繞而懸掛在頸部的，「嬰」引申有「圍繞」的意義。

金

冒（帽） ㄇㄠˋ mào

一頂小孩的帽子，最上面是裝飾物，中間是帽子本體，最下方是保護耳朵的護耳。「冒」常作為「冒險」、「冒失」等意義，所以又另外創造了從「巾」的「帽」以區別。

甲

金

履 ㄌㄩˇ lǚ

一人的腳上穿著一隻像是舟形的鞋子狀。如果只簡單畫一隻鞋子的形狀，會和「舟」混淆，所以要加上人穿鞋的樣子。為了行禮時需要在潮濕的泥地上站立長久，所以要穿鞋子保護腳，避免潮濕之氣。

金

前 ㄑㄧㄢˊ qián、湔 ㄐㄧㄢ jiān

一隻腳在有把手的盤中洗滌。除了洗腳的本義之外，還有「先前」、「某事之前」的意義，可能來自上廟堂／廳堂行禮之前必須洗腳的習慣。

甲 金

四、日常生活篇Ⅱ 住與行

1 住／古人遷居，與水的奮鬥史

第四冊
P.029

丘 ㄑㄧㄡ qiū

甲骨文字形，畫出左右兩岸高起的山丘，中間是水流經過的窪地。金文字形，改變了筆勢，把左右兩側的豎直筆畫，變成斜畫上的短畫，下面再加一道短的橫畫，這是文字演變的常規。

甲 金

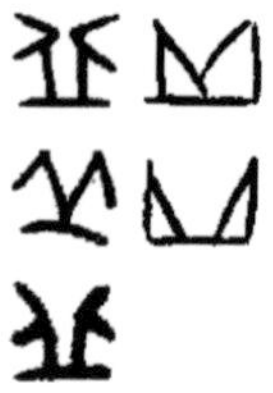

泉 ㄑㄩㄢˊ quán

甲骨文字形，是水從源頭湧出的樣子。人們發現在距離河流較遠而地勢較低窪的地點，有泉水湧出，可提供生活用水。

甲

原 ㄩㄢˊ yuán

金文字形，比「泉」字多出一道筆畫，表示泉水從源頭開始湧出來。泉水湧出來的地點，就是溪流的源頭。

金

井 ㄐㄧㄥˇ jǐng

甲骨文字形，是由四排木材構築成的四方框形水井形。根據古代水井遺址，古老的水井構築方法，先把木料打入土中，形成四排木樁，挖出中間的泥土，套上木框。金文字形，在方框中加了一個圓點，表示井口，使井的形象更為清楚。

甲

金

彔 ㄌㄨˋ lù

「彔」是井上架設轆轤的形狀，以及從汲水桶濺出小水滴的模樣。轆轤是一種有絞盤的機械裝置，以繩索穿過絞盤，拉起汲水的桶子。從字形可以看出，為了使水桶容易傾倒入水中以取水，水桶就做成上下窄而中身寬的形狀。

甲

金

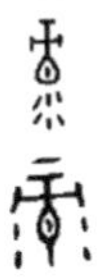

邑 ㄧˋ yì

甲骨文字形，由兩個單位組成，卩是一個人跪坐的形象，這是戶內才有的坐姿；口用來表現一個區域範圍。綜合兩者，「邑」表示在一定範圍內的戶內生活。

甲

郭 ㄍㄨㄛ guō

甲骨文字形，中間是一個方形或圓形的範圍，在這個範圍之上有四座建築物的形狀。這是表現一個方形或圓形的城，四面城牆設有城樓，用以觀望與偵查四周的動靜。

甲 金

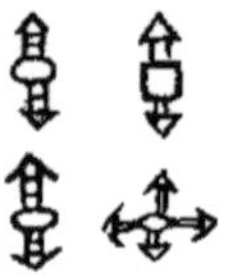

昔 ㄒㄧˊ xí

由「災」及「日」兩個構件組成。「災」，是很多道波浪重疊而翻滾的樣子，河流氾濫成災的景象，借用它來表達所有的災難。「昔」有過去的意義，表示水災已是過去所發生的往事了。

甲 金

陳 ㄔㄣˊ chén、敶 ㄔㄣˊ chén

由三個構件組成，阜、東與攴，描寫一隻手拿著棍子敲打山坡上的袋子。這是防禦水災的建築工事，直到今日防水仍有同樣做法（敲打沙包，使得沙包緊實）。

金

野 一ㄝˇ yě

字形是在樹林中有一個「士」。在甲骨文，士是雄性動物的性徵，是雄性動物及人類的生殖器形象。「野」的造字創意，來自野外樹林中豎有男性性器崇拜物。

甲

2 住／怎麼住，華北、華南大不同

第四冊
P.057

向 ㄒㄧㄤˋ xiàng

字形表現只有一個出入口的尖頂家居。簡單構築的地下穴居，只有一個出入口，別無其他通風的開口。是屋子的正面，也是屋子的所向，所以向字有面向某方的意義。

甲 金

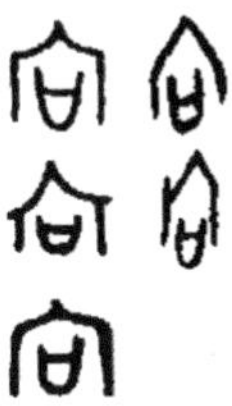

宀 ㄇㄧㄢˊ mián

一個完全構築在地面的房屋外觀形狀，代表所有房子的外貌，後來做為有關房子建築意義的符號。

甲

宮 ㄍㄨㄥ gōng

甲骨文有兩類字形，一類表現出幾種房屋有不同形式的隔間，以及加上代表房屋的符號。房屋最初容納一兩個人，做為遮蔽風雨、短暫休息的地方。隨著建築技術進步及家庭結構的變化，房屋的面積愈來愈大，還有足夠的空間構築火膛，不再擔憂有降雨的困擾。金文字形，一定都有斜檐屋頂的形象。

享 ㄒㄧㄤˇ xiǎng

一座有斜檐的建築物豎立在一座高出地面的土臺上。這種修築地基的方式，稱為「夯築法」。

高 ㄍㄠ gāo

由「享」分化出來的字，以臺基上高聳的建築物表達，這種建築物的高度比起一般的家居要高。建築物下的口，可能是演變過程中不具備意義的填空。

京 ㄐㄧㄥ jīng

一個斜簷建築物，架設在高出地面的三排木樁上。建築在一排排木樁上的房子，比建在地面或臺基上的建築要高，是政教中心才有的高聳建築物形，代表京城。

甲 金

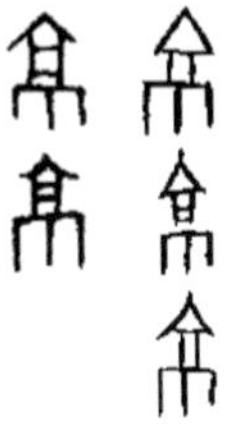

臺 ㄊㄞˊ tái

一個「享」疊在另一個「享」之上。「享」字是表現多層的建築物各建在一個地基上，是「臺」的形象。

甲

樓 ㄌㄡˊ lóu

一個「享」疊在「京」之上。依據字形看，「京」表達干欄式的房子，底下只有柱子，是虛空的；「享」表達在堅實地基上的建築；綜合起來，此字表現兩層樓房的建築，即是「樓」。

甲 金

阜 ㄈㄨˋ fù

在木結構的多層樓房裡，需要有梯子才能上下樓層。這個字的甲骨文字形，就是一把木製的梯子形狀。

甲

陟 ㄓˋ zhì

是兩隻腳前後往上爬樓梯的樣子。

甲

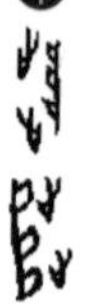

降 ㄐㄧㄤˋ jiàng

兩隻腳前後往下走樓梯的樣子。

甲

陵 ㄌㄧㄥˊ líng

甲骨文字形，一個人抬起一隻腳，要爬上梯子的樣子，有超越、駕凌的意義。金文字形在人的頭上加上三道筆畫，表達搬物品上樓時，要將物品頂在頭上才方便上下樓梯。

甲

金

3 住／開始構築最陽春的家

第四冊
P.083

各 ㄍㄜˋ gè

一隻腳踏進一處半地下式穴居，有「來到」、「下降」等意義。

出 ㄔㄨ chū

一隻腳朝穴居的外面走出去，是「出門」、「出外」等意義。

內 ㄋㄟˋ nèi

表現穴居裡面的樣子。早期的半地下穴居，還沒有可以開闔的門戶，只有一個可以進出的開口。這個開口很可能設有門簾之類的東西，晚上要休息時把簾子放下，白天就把簾子往兩旁分開。

外 ㄨㄞˋ wài

「外」與「卜」的字形完全一樣，是占卜的時候燒灼甲骨使骨的表面裂開而顯示的兆紋形象。外字的創意很可能借用占卜的術語，橫紋向上為外，向下為內。

退 ㄊㄨㄟˋ tuì

由「內」與「止」組合而成。表現一隻腳（止）在屋內的形象。古代的人一早就外出工作，工作完畢才回家休息，有「退回」、「退卻」的意義。

處 ㄔㄨˋ chù

字形與「退」類似，但表現門簾還沒有拉開，屋內的人還沒有出去的狀況，有安處的意義。

戶 ㄏㄨˋ hù

一片單扇戶，裝設在一根木柱上。「戶」的面積大，不便使用一塊木板製作，要使用多塊木板合併起來，字形用兩塊木板象徵多數。

門 ㄇㄣˊ mén

甲骨文字形，兩根木柱各裝有一面由多片木板組合的「戶」，有時還有一道橫的門框固定住兩根木柱。

甲 金

囧 ㄐㄩㄥˇ jiǒng

一個圓形的窗子。為了與其他圓形的東西有所區別，在圓圈中加上三或四個短線。

甲

明 ㄇㄧㄥˊ míng

由窗子與月亮組合而成，充分說明創意，是利用照進窗內的月光使室內明亮的意思。窗子的形象大多簡寫有如日。

甲

寢 ㄑㄧㄣˇ qǐn

描繪屋子裡有一把掃帚。很明顯的，表達放置掃把的寢室地點。

甲 金

寒 ㄏㄢˊ
hán

一個人在四個草（眾多）之中，或許這樣睡起來不夠溫暖，才有寒冷的意義。

金

宿 ㄙㄨˋ
sù

一個人躺臥在以草編綴的蓆子上，或臥睡在屋中的草蓆上。長時間的睡眠，也指住宿或經過一夜以上的時間。

甲 金

疒 ㄔㄨㄤˊ 、疾 ㄐㄧˊ
chuáng jí

橫著來看，是一個人躺臥在有支腳的床上，有時身上還流著汗，或流著血。商代的人，一般是睡在蓆子上，只有生了病才睡在床上。

甲

夢 ㄇㄥˋ
mèng

一個有眉目的人，睡在床上，眼睛睜得大大的，好像有所見的樣子。

甲

4 住／功能改良，房屋更宜居

第四冊 P.111

室 ㄕˋ shì

甲骨文字形，一個房屋裡面有一個「至」。這是一個「從宀至聲」的形聲字。在金文字形中，屋內有繁複的、並列的兩個至字。

甲

金

廳 ㄊㄧㄥ tīng

在屋子裡有一個「聽」字，是「從宀聽聲」的形聲字。

甲

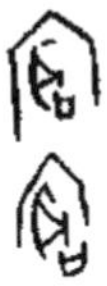

廷 ㄊㄧㄥˊ tíng

「廷」是官員向君王行禮時所站立的地方。金文的字形變化很多。在大廳兩旁有兩座臺階，做為上下廳堂之用。臺階一般有三級，所以以三斜畫表示。

金

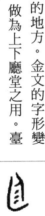

去 ㄑㄩˋ qù

表現一個人雙腳曲折，蹲在一個坑上。合理的推測，此人是蹲在一個坑上排便，把體內的排泄物排放掉，所以有「去除」的意思。

甲

雝（雍） ㄩㄥ yōng

最繁的字形由三個構件組合而成：宮、水與鳥。表達一座大型的宮殿院落裡，有流水以及禽鳥，是非常高級的建築，只有最上級的人才能擁有。

甲

金

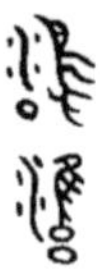

容 ㄖㄨㄥˊ róng

金文字形看起來就是一個形聲字，「從宀公聲」。小篆卻改為「從宀從谷」。谷，表達出水流碰到阻礙物而分流的現象；「容」是「容納」、「包容」，表達居處的面積廣大，足以容納有山石與水泉的花園。

金

篆

囿 ㄧㄡˋ yòu

在一處特定範圍內，分區栽植草木的園藝場所。這是貴族階級為了打獵行樂所圈圍起來的地方，別人是不能隨意進出的。

甲

金

瓦 ㄨㄚˇ wǎ

象形字，為燒製的陶器的總稱。篆文字形是表現兩片瓦片相互交疊、扣合起來的形狀，可能是瓦片是在屋脊或屋面上的樣子。

篆

5 住／追求更舒適美好的生活

第四冊 P.131

宣 ㄒㄩㄢ xuān

是迴旋圖案的形狀，後來再加上一個房子的符號，表示這是與房子有關的事物。推論是裝飾房屋的幾何形圖案。

甲

金

枕 ㄓㄣˇ zhěn

由「木」與「冘」構成。「木」表示製作枕頭的材料，「冘」為聲符，可能表現一人頭靠在枕頭而側臥的形象。

篆

央 ㄧㄤ yāng

表現一個正面躺臥的大人，頸部下有一個枕頭的模樣。與「冘」對照，「冘」表現出側臥的形象，「央」則表現仰臥的姿態。

貯 ㄓㄨˇ zhǔ

宁 ㄓㄨˋ zhù

「貯」，是一枚用來交易的海貝，收藏在「宁形」的器物中，於是我們了解，「宁」是收藏東西的箱櫃。

尋 ㄒㄩㄣˊ xún

是雙手左右伸開，以丈量一件器物長度的模樣。兩臂之間的長度為「尋」，短於現今的兩公尺左右。

丌 ㄐㄧ jī

短足的矮几。可以憑靠，也可以在上面書寫。

几 ㄐㄧ jǐ

是一件坐几的象形，從胡床演變為矮凳的形象之一。

叟（搜）ㄙㄡ sōu

一個人手持火把在屋子裡搜索的樣子。

光 ㄍㄨㄤ guāng

一個跪坐的人，頭頂著火焰（燈座），表達以火光照明的情況。

幽 ㄧㄡ yōu

描繪「火」與兩股小絲線，表達火燒燈芯，光線幽暗的意思。這裡看得出來，「火」的構件，已有簡寫的趨勢。

熏 ㄒㄩㄣ xūn

兩頭都有綑綁的袋子，袋中還有很多東西的模樣。這是一個香囊，裝乾燥的、有香味的花瓣，可以讓衣服沾染香味，也可以佩帶走動，隨處生香。

6 住／在交通工具發明以前

第四冊
P.163

步 ㄅㄨˋ bù

表現行走時一前一後的腳步，可以是左腳在前，也可以是右腳在前。

止 ㄓˇ zhǐ

形象為腳的模樣，為了書寫快速，大多簡化為三根趾頭，而凸出一旁的是大拇趾。

疋 ㄕㄨ shū

腿部及腳趾頭的形狀。甲骨卜辭有「疾止」與「疾疋」的占問。「疾止」偏重於走路時的腳疾，「疾疋」偏重於雙腳傷痛的問題。

之 ㄓ zhī

一個人的腳站立在地平面上，以表示該地點。「之」是指示代名詞，指明雙方（商王與神靈）都知道的地點或事務。

行 ㄒㄧㄥˊ xíng

是一條交叉的道路形狀。金文字形，因為書寫快速，變得歪斜。

道 ㄉㄠˋ dào

由三個構件組成，行、首、又。表現一手拿著一個首級在道路上行走，有「導行」的意義。後來才簡省成「辵」與「首」的組合。

途 ㄊㄨˊ tú

「余」與「止」的組合。「余」是使者所持拿、代表其身分形象的物品。使者走的路是大道，不是可以隱藏身分的隱蔽小路。

甲

走 ㄗㄡˇ zǒu

一個人快步走路時，兩手前後上下擺動、快走的形象。

甲

金

奔 ㄅㄣ bēn

在揮舞的雙臂之下，加上三個「止」腳步符號，表明是非常快速的奔跑，使得腳步看起來有如多隻腳在進行的樣子。

金

遲 ㄔˊ chí

字形有兩部分，行道與兩個相背、一上一下的人形。可能表達背負另一個人或運輸重物的情況。因為背負重物，所以走起路來比起一般人的速度要緩慢，借來表達遲緩的意義。

甲

金

後 ㄏㄡˋ hòu

一根繩子，綁在一個人的腳上。雙腳被綁住了，行動不方便，比正常人走得慢，所以有後、晚的意義。

甲 金

衡 ㄏㄥˊ héng

一個人頭上頂著一個籃子（罐子）。這個古字的下部是一個大（人），上部是甾的簡化。利用頭頂著器物的經驗，表達「平衡」的抽象概念。

古

婁 ㄌㄡˊ lóu

女人用雙手扶住頭上的一個器物。地方婦女使用陶罐頂在頭上運輸水，罐子還沒有充裝水的時候，是虛空且重心不穩的。表達「虛空」的意義。

金 篆

疑 ㄧˊ yí

一個站立的人頭偏向一邊，張開嘴巴，後來加上手持拐杖的字形，表明這是一個老人。老人迷了路而猶疑不前，有「遲疑未定」的意思。

甲 金

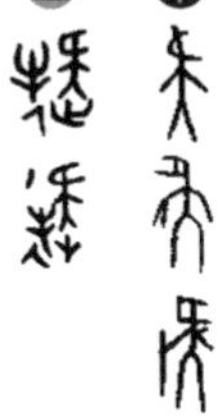

7 行／水路交通工具的製造與應用

第四冊 P.191

涉 ㄕㄜˋ shè

一前一後的兩個腳步，跨越一條水流的模樣。

瀕（頻） ㄆㄧㄣˊ pín

表達一位貴族，面臨一條大河流，兩隻腳步都在河岸的這一邊，皺起眉毛思考問題的樣子。

舟 ㄓㄡ zhōu

描繪一隻舟船立體的形象。它是以很多塊木板編連起來的、有艙房的船的樣子。

朕 ㄓㄣˋ zhèn

舟的旁邊有兩隻手拿著一件工具的樣子。可以推論，由船板的縫隙引申為一般的縫隙，再假借為第一人稱代名詞。所以朕字是用雙手持拿工具填塞船板間的隙縫，表達隙縫的意義。

凡 ㄈㄢˊ fán

一面布帆的形象。一般製作帆的材料是纖維織成的布，後來加上意符的巾而成為帆字。

甲

造 ㄗㄠˋ zào

屋子裡有一艘船的情景。創意可能來自於，在造船廠內製造船隻。當船隻製造完成，就要進入水面航行了。

金

8 行／陸上交通工具的製造與應用

第四冊
P.213

興 ㄒㄧㄥ xīng

四隻手前後抬舉一個擔架或肩輿，前後突出的四條線是擔架的木柄，供兩人四隻手或四人四隻手共同抬起來前進用的。這個字表達的重點是抬起來的動作，所以被應用到一切有關「抬高」、「興起」的動作和形勢。

甲

金

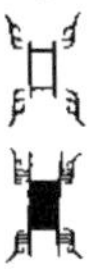

輿 ㄩˊ yú

四隻手前後抬起一個在中軸上的圓形擔架。原本是指擔架上的「輿座」，後來也擴充意義，指稱有輪子的車的輿座。

甲

與 ㄩˇ yǔ

四隻手在一件器物的兩端，兩個人各使用雙手扭擰一件器物，有「相與共同」從事一件工作的意義。

金

車 ㄔㄜ chē

一部車子的模樣。兩個輪子、一個輿座、一條輈、一條衡、兩個衡上的軛、兩條韁繩。後來漸漸將比較不重要的部分省略，最後只剩下一個輪子的形狀 車 。

甲 金

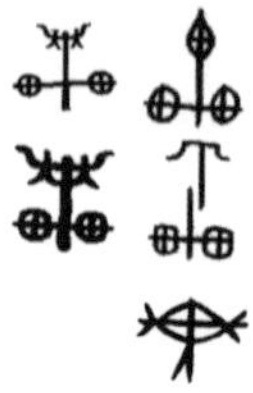

輦 ㄋㄧㄢˇ niǎn

兩個人舉起雙手推動一輛有輪子的車。這種車可以使用很多人推動，聲勢壯觀，成為君王的經常性座駕。

金

軍 ㄐㄩㄣ jūn

「旬」的空間裡有一個「車」。「旬」的意義為十日的時間；軍的創意，或許因指揮官的馬車及運輸軍備的牛車周圍需要有武力保護。

連 ㄌㄧㄢˊ lián

由道路和車子的結構組成，意義是載重物的車子。以相連的車隊來表達「連結」這個抽象的意義。

寇 ㄎㄡˋ kòu

甲骨文是一個強盜拿著棍子在屋裡從事破壞，小點表示被破壞物品的碎片。金文字形則轉變為「在屋裡用棍子毆打人」。

登 ㄉㄥ dēng

兩隻手扶住一個矮凳子，讓一雙腳步踏上去。這是古代上車的動作，借用來表達「登高」的意義。

9 行／道路修建與行旅

第四冊 P.241

御 ㄩˋ yù

一種攘除災難的祭祀，可能表現一位巫師拿著繩索或木杵在施行攘除災難的法術。後來也在路上施行這種儀式，所以加上行路的符號。

甲 金

律 ㄌㄩˋ lǜ

建 ㄐㄧㄢˋ jiàn

律，以「彳」與「聿」構成。聿，一手拿著毛筆的樣子。建，比律多一個止（腳步），是建立朝廷的法律，常使用為「建造」之意。道路的建造需要謹慎計畫、小心修造，引申有規律、法則的意思。建字多一個腳步，表示繪製的是供行走的道路藍圖。

甲

甲 金

直 ㄓˊ zhí

眼睛上面有一條直線。木匠常用一手將木料前舉，用單眼檢視木料是否筆直不歪斜，所以就借用來創造直的抽象意義。

德 ㄉㄜˊ dé

行道（彳或行）加上直字。表達能把道路修築得筆直以利車馬快速行進，是一種值得嘉許的才德。引申為心智與德行的高才，所以加上心，或人、言。

得 ㄉㄜˊ dé

一隻手在行路上撿到一枚海貝，是「大有所得」的意思。

舍 ㄕㄜˋ shè

一個坑陷上插有一個「余」形的東西（余，是旅社的告示牌）。因為行走於城鎮之間的商人，不可能每天都到回自己家休息，而從外國來的使節，也需要有地方可以歇息。

敘 ㄒㄩˋ xù

一隻手拿著一個「余」形的標示物，以表示自己在序列中的位置，有事要報告時，便高舉之，有「敘職」、「詮敘」等意義。

甲

關 ㄍㄨㄢ guān

兩扇門以閂門設施緊密關閉，這裡的「門」所代表的即為城門關口。

金

五、器物製造篇

1 工具發明／帶動文明躍升

第五冊 P.029

聖 ㄕㄥˋ shèng

表現一個人有大耳朵，在一張嘴巴旁邊。此人有聰敏的聽力，能聽懂得神的指示的領袖，能給社會帶來福利。

聽 ㄊㄧㄥ tīng

一個耳朵旁邊有一或兩張嘴巴的形狀，表示能夠聽到眾人說話，是常人都有的聽覺能力。

堯 ㄧㄠˊ yáo

跪坐的人，頭上頂著一塊平板，平板上有多個土塊，表現某人有天生過人的力氣。

賢 ㄒㄧㄢˊ xián

結構是一個從貝或子的形聲字。意符貝，重點在錢財；意符子，重點在人才。表現出某人能組織大量人力工作，提升產量。

才 ㄘㄞˊ cái

描繪一件器物（三角錐的形象，是測量角度必備的工具）的形象，借用表示有能力可以使用此工具的人。

藝 ㄧˋ yì

種植草木幼苗的人，跪坐著，雙手拿著一株樹苗。後來加上植物的符號「艸」，又加上音符「云」，成為現在的字形。

爇 ㄖㄜˋ rè

跪坐的人，雙手拿著火把照明的景象。手拿著火把，是太陽下山時刻常見的現象，便借用來代表這個時段。

制 ㄓˋ zhì

古字表達以一把刀修整枝條不齊的樹木，來制作木器。樹的枝幹不整齊，旁邊還有三個小點，代表刀子刮下的木屑。

肇 ㄓㄠˋ zhào

字形表達一把兵戈需要經過以礪石磨利刃部的手續，才會銳利、有殺敵效用。

2 農業生產／為國家組織奠基

第五冊
P.049

農 ㄋㄨㄥˊ nóng

由兩種字形組合而成，表示在樹木眾多的地方，以蚌殼製成的工具，從事割除害苗以及收割等農耕工作。

田 ㄊㄧㄢˊ tián

描繪方正的框框裡有四塊矩形的田地形，大多做為「田獵」的意義，或「農田」的意義。

畺 ㄐㄧㄤ jiāng

「疆」的初形，兩塊田地形中間或有一道短畫，表示兩塊田地為不同擁有者的界線。

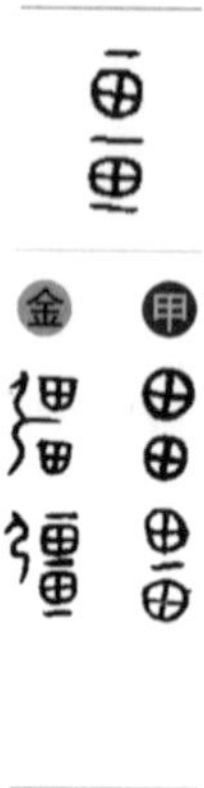

晨 ㄔㄣˊ chén

以兩隻手收拾準備收割功用的蚌殼工具。準備農具上工，是一早就得做的事。

薅 ㄏㄠ hāo

由四個構件組合，艸，辰，手，山。表現一隻手拿著一個蚌殼做的工具，在割除山坡上的雜草。

蓐 ㄖㄨˋ rù

一隻手拿著一把蚌製的農具在剪除雜草。「蓐」是割下來的草，引申為以割下來的草編織成的蓆子。

辱 ㄖㄨˋ rù

以手拿著蚌殼製成的工具。

焚 ㄈㄣˊ fén

火焚燒森林的樣子，這是早期的農耕方式，稱為刀耕火種。

耤 ㄐㄧˊ jí

一個人手扶著一把犁，抬起腳踏犁頭處，正在操作一把耕犁的景象。

甲 金

方 ㄈㄤ fāng

一枝耒（古代挖土的工具）下半部的形象。在一根稍微彎曲的棍子上綁上一塊橫的木頭，做為腳踏的踏板，能將木棍的尖端刺進土中，挖起土塊。

甲 金

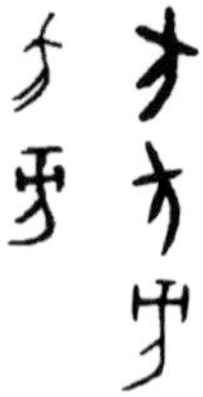

旁 ㄆㄤˊ páng

一把犁裝有一塊橫形木板（犁壁）。犁壁的作用在於把翻起來的土塊打碎，並推到兩旁以方便耕作進行，所以有近旁、兩旁等意義。

甲 金

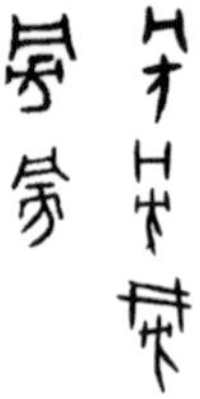

襄 ㄒㄧㄤ xiāng

雙手扶住一把犁，前頭有一隻牛拉著，揚起灰塵的耕田景象。

甲 金

疇 ㄔㄡˊ chóu

一塊扭曲的土塊，受到犁壁阻擋而變形，是耕作熟田時才有的現象，表示已整治過、耕作後的農田。

劦 ㄒㄧㄝˊ xié

三把並列的力（簡陋的挖土工具），在一個口或凵（坑陷）上的形狀。表現很多拿著挖土工具的人一起工作，有「協力」的意思。

留 ㄌㄧㄡˊ liú

一塊田地旁邊有個彎曲的東西（木柱護堤的水溝），用來積留雨水、灌溉田地，有「積留」、「停留」、「留下」等意義。

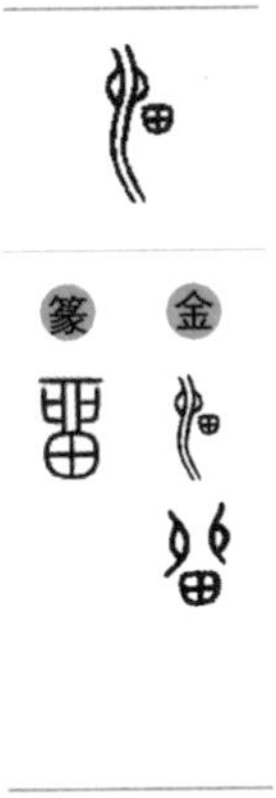

周 ㄓㄡ zhōu

田地裡有作物（四個小點），周圍有籬笆一類的設施保護，表達周密的意義。

甫（ㄈㄨˇ fǔ）、圃（ㄆㄨˇ pǔ）

「甫」是「圃」的原始字形，表達人們在田裡種植的種子冒出土地而長出芽來。

甲　金

㐭（ㄌㄧㄣˇ lǐn）、廩（ㄌㄧㄣˇ lǐn）

描繪使用禾桿所堆積起來的禾堆模樣。

甲　金

嗇（ㄙㄜˋ sè）

下面是禾堆，上方顯現一株小麥，造字者以堆積穀類作物的形象表達農村景象。以表現非常珍惜穀粒，有「愛惜」的意義。

甲　金

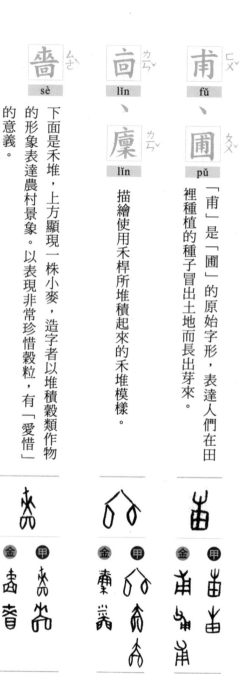

啚 ㄅㄧˇ bǐ　圖 ㄊㄨˊ tú

表達在一個大範圍內的許多小單位的農村，與製作農村的戶籍清冊以及繪製圖籍的內容有關。

倉 ㄘㄤ cāng

描繪有屋頂，以及可以開啟的窗戶建築形貌。早期的房子，只有一個進出口，有門戶代表「倉房」的特殊建築。

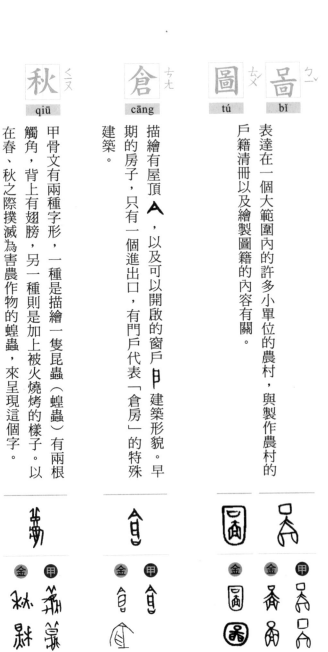

秋 ㄑㄧㄡ qiū

甲骨文有兩種字形，一種是描繪一隻昆蟲（蝗蟲）有兩根觸角，背上有翅膀，另一種則是加上被火燒烤的樣子。以在春、秋之際撲滅為害農作物的蝗蟲，來呈現這個字。

戔 ㄐㄧㄢ jiān

字形由戈和前端有密齒的的裝置組成，推測是除雜草用的田器。

芟 ㄕㄢ shān

表現一隻手拿著工具在除草的模樣。

3 農耕之餘／珍惜野外資源

第五冊 P.105

𠌶（華） ㄏㄨㄚˊ huá

一株植物長了幾朵花的模樣，算是象形字。

葉 ㄧㄝˋ yè

一株樹的樹枝上有許多葉子。

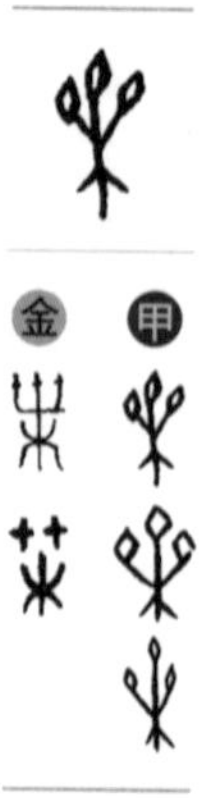

本 ㄅㄣˇ běn

末 ㄇㄛˋ mò

指事字。在樹木的下端使用一點或短的橫畫，來指示樹木的根本，就是「本」，在樹木的上端使用一點或短的橫畫，來指示樹木的末端，就是「末」。

金 篆

金 篆

朱 ㄓㄨ zhū

木字中間有一小點，是用來指出樹木的中心。「朱」的本義是「株」，後來被假借為「朱」（顏色）。

甲 金

耑 ㄉㄨㄢ duān

剛長出的樹苗，帶著根鬚的形狀，根鬚旁的小點，是黏附在根鬚上的土屑，表示植物被拔了起來。

甲 金

韭 ㄐㄧㄡˇ jiǔ

表現並排生長的韭菜。

篆

蔥 ㄘㄨㄥ cōng

蔥膨大的根部，在西周銅器的銘文中，是做為「聰明」之意。

果 ㄍㄨㄛˇ guǒ

一株樹上結有一個圓形果實，點與畫更說明果實裡頭含有滋味，可以食用。

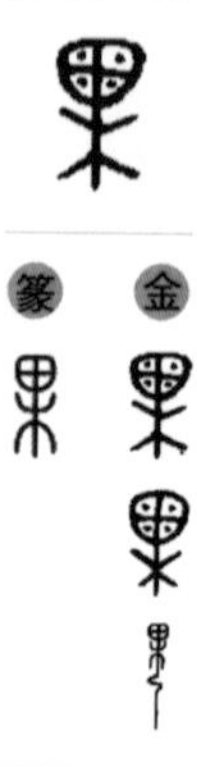

𠂹（垂） ㄔㄨㄟˊ chuí

描繪沉重的果實使得樹的枝葉下垂。

瓜 ㄍㄨㄚ guā

一顆果實垂掛在藤蔓下，表現結實的瓜果。

栗 ㄌㄧˋ lì

描繪樹上結有許多外觀如刺的果實。

某 ㄇㄡˇ mǒu

一棵樹上有甘字形的東西，本義是「梅」，假借為「謀略」之意。

金

乂 ㄧˋ yì、刈 ㄧˋ yì

描繪雙手拿著一把摘取水果的工具，也摘了一個果實。後來，「乂」加上一把刀，成為「刈」。

甲

困 ㄎㄨㄣˋ kùn

一棵樹被困在一個小範圍內，沒有空間可以充分成長，表現「困難」、「困頓」的意義。

甲

柳 ㄌㄧㄡˇ liǔ

由木與卯兩個構件組成，表達溝渠水道旁的植物。

甲

金

4 百工興起／各類器物製造

第五冊 P.131

百工一 石器製造

石 ㄕˊ shí

描繪出岩石銳利的稜角，加上一個坑陷的形象，表達石器的用途，主要是在挖掘坑洞。

磬 ㄑㄧㄥˋ qìng

手拿著敲擊工具，打擊被懸吊在架子上的石磬，以發出聲響。

玉 ㄩˋ yù

將玉片用繩索穿繫起來，成為玉飾。

璞 ㄆㄨˊ pú

深山內，手拿著一把挖掘的工具，旁邊有一塊玉與籃子。表現發掘玉璞的作業情形。

甲

珏 ㄐㄩㄝˊ jué

兩串玉片並列的形象，是計算玉珮數量的量詞。

甲

弄 ㄋㄨㄥˋ nòng

山洞裡以手把玩一塊玉。表現挖掘到質量高的貴重玉璞，喜不自勝的把玩。

甲

金

百工二

骨角器製造

骨 ㄍㄨˇ gǔ

一塊動物肩胛骨的形狀。牛肩胛骨在商代最大用途是占卜問疑解惑，古人認為骨頭有神靈，可以幫助人們解決困難。

甲

角 ㄐㄧㄠˇ jiǎo

解 ㄐㄧㄝˇ jiě

角，畫的是牛角，代表角質、尖角；解，是雙手要把牛角拔起來的模樣。牛角是古代很有用的材料，剖取牛角在當時常見，假借為「分解」、「解析」的概念。

百工三

竹材製造

竹 ㄓㄨˊ zhú

兩枝下垂的竹枝與葉子的形狀。

其 ㄑㄧˊ qí

簸箕的象形字，用途為傾倒廢棄物，大多以竹皮編織而成。

匚 ㄈㄤ fāng （框）（筐）

由木頭所刳挖出來的容器。製作材料是木頭的，是「框」，竹編的，寫成「筐」。

曲 ㄑㄩ qū

一件有九十度角的彎曲器形側面圖，是竹編的籃框類器物，借以表達彎曲的抽象意義。

甾 ㄗ zī

以竹皮或藤條所編織的容器形狀。延伸出去的三條線，是表示編織材料的末端沒有修整整齊。

西 ㄒㄧ xī

字形的演變，由甾而來。由變為，再變成，最後成為。

百工四 木材製造

相 ㄒㄧㄤˋ xiàng

一隻眼睛在檢驗一棵樹，有分析、檢驗、判斷價值的意思。

匠 ㄐㄧㄤˋ jiàng

斤在工具箱裡，代表木工工匠。

折 ㄓㄜˊ zhé

一把斧斤把樹木橫向砍成兩截，截取合適的長度。砍斷的兩段木料，漸漸演變為相同方向的兩個中字形。

析 ㄒㄧ xī

手持一把斧斤對著一棵樹縱向切割，將木材處理成不同厚薄木板。

片 ㄆㄧㄢˋ piàn

把木分成左右兩半，也就是使用斧斤將木幹縱向切割成為木板。

乍 ㄓㄚˋ zhà

一把刨刀的形狀，下端上翹的部分表現手把，前端是用以拋光的刃。意義是建築城邑、建築物一類的工程。

㓞 ㄑㄧㄚˋ qià

以一把刀（在兩塊鄰接的木板上）契刻幾道線條，用以製作契約。雙方各拿契約的一半，可以核對契約上的線條，驗證是否為原來的文件。

枚 ㄇㄟˊ méi

一棵樹與拐杖的組合。樹的枝條，在交接處自然形成木柄的轉折形狀，可以直接利用做為斧斤的木柄，也可以做為幫助行走的拐杖。

帚 ㄓㄡˇ zhǒu

一把掃把的形狀。用已枯乾的小灌木，綑紮成為可以拿在手裡的用具，以前端的枝枒打掃地面。

甲 金

漆 ㄑㄧ qī

一棵樹的外皮被割破，汁液流出的模樣。是採集漆樹的漆液，能使木器增加光彩。

金 篆

5 百業勃發／皮革業與紡織業

第五冊
P.187

百業一 皮革業

革 ㄍㄜˊ gé

象形字。將一張動物表皮撐開晾曬的形狀，頭部、身部、尾巴都表現得清清楚楚，是皮革經過晾曬變硬的樣子。

甲 金

克 ㄎㄜˋ kè

一隻手拿著克形的盾牌武器，兼具攻擊與防備功能。借以表達「克服」、「勝任」等意義。

金

篆

皮 ㄆㄧˊ pí

描繪手持皮革製盾牌的模樣。

金

篆

柔 ㄖㄡˊ róu

以手拿著一塊皮在木樁上來回用力拉撐，使皮革軟化的加工樣貌。

古

篆

甍（軟） ㄖㄨㄢˇ ruǎn

柔韋（軟皮）以製作帽子，後來被「輭」取代了，就看不出與柔皮的意義有關。

篆

壴 ㄓㄨˋ zhù

一座鼓的形象，下方有架子可以立於地面，鼓的上方有分叉，除裝飾作用外，還可安置鼓槌。

甲

金

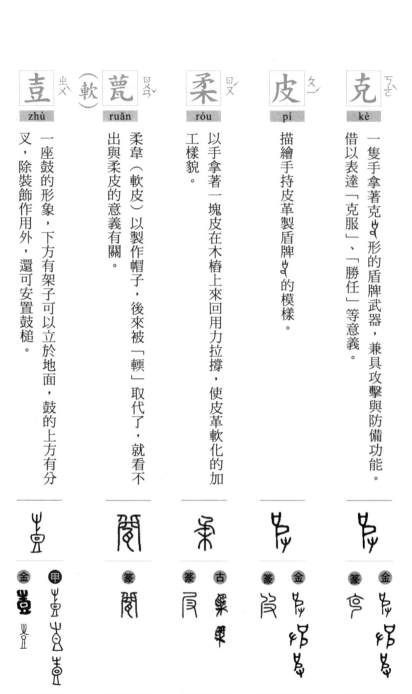

彭 ㄆㄥˊ péng

一座鼓的旁邊有三道短畫，表達短促而有力的鼓聲。

甲

鼓 ㄍㄨˇ gǔ

一手拿著鼓槌，敲打豎立的鼓。原是指打鼓的動作，後來兼有鼓樂器的意思。

甲

金

尌（樹） ㄕㄨˋ shù

表達以豆容器盛裝的植物，可能是祭祀的目的。

甲

篆

百業二 紡織業

專 ㄓㄨㄢ zhuān

手拿著纏滿了線的紡磚。在紡織之前，要先把絲線纏成一錠，需要專心，否則會亂了線而織錯花紋。

甲

金

巠 ㄐㄧㄥ jīng

描繪織機的經線已經安裝好，接下來使用梭子把緯線穿過經線而能織成一塊布。

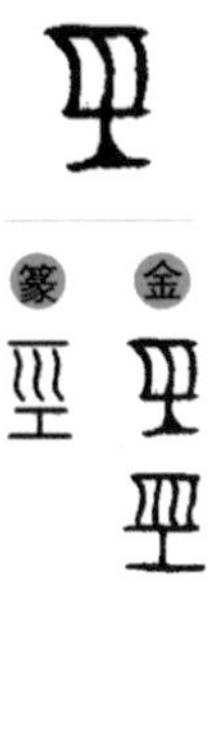

幾 ㄐㄧˇ jǐ

由三個構件組成，是可以坐著以腳踏板控制經線開闔的織機。

絲 ㄙ sī

兩條絲線並列的形狀。蠶所吐出絲非常細，不適合直接用於紡織，需要先把三條絲線糾捻成一股較粗的線，才好上機紡織。

糸 ㄇㄧˋ mì

麻類纖維糾結的線的形狀。

茲 ㄗ zī

指事代名詞，借用兩束絲線來表示。

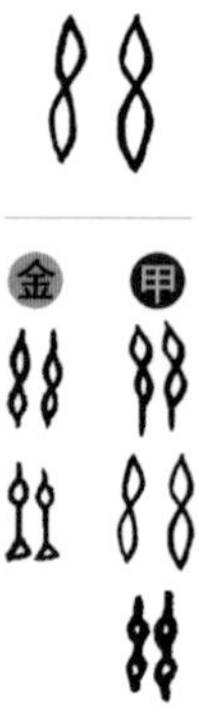

桑 ㄙㄤ sāng

表現一株桑樹的形狀。

喪 ㄙㄤˋ sàng

一棵樹的枝芽之間有一到四個口，描寫採摘桑葉的情景，假借做為「喪亡」的意義。

素 ㄙㄨˋ sù

雙手拿著一條尚未修整好的絲線的模樣。邊緣不整齊是布帛初始的狀態，引申為尚未加工的情況。

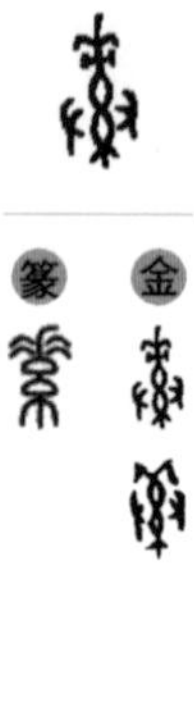

索 ㄙㄨㄛˇ suǒ

描繪兩隻手在編織一條繩索，而繩索的一端有三個線頭。

6 百業勃發／陶土業與金屬業

第五冊 P.227

百業三 陶土業

土 ㄊㄨˇ tǔ

描繪出上下尖小、中腰肥大的土堆形狀，一旁有水滴，強調它可捏塑、燒結成形的價值。

甲 金

缶 ㄈㄡˇ fǒu

是一個容器和一把製作陶器的陶拍組合而成，強調以陶拍成形的陶器。

甲 金

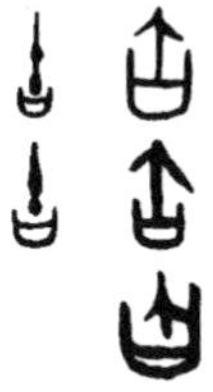

匋 ㄊㄠˊ táo 、**陶** ㄊㄠˊ táo

一個人（陶工）蹲坐著，手持細長的工具（陶拍）處理一塊黏土。

甲 金

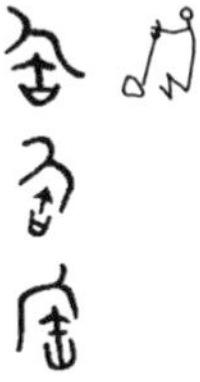

窯 ㄧㄠˊ yáo、窑 ㄧㄠˊ yáo

早期字形表現在洞窟一類的地方燒製陶器的設施。

篆

百業四 金屬業

金 ㄐㄧㄣ jīn

「金」是鑄造器物的一套模型，自以範型鎔鑄銅器的概念。

金

鑄 ㄓㄨˋ zhù

雙手傾倒一個器皿裡的銅液到另一個器皿中，是鎔鑄器物的操作過程。

甲

金

法 ㄈㄚˇ fǎ

古文字形有金屬與鑄型的意義。法律與鑄型有共通概念，都是用來規範其他事物。

古

甲

釗 ㄓㄠ zhāo
割 ㄍㄜ gē

古文字描繪以刀割斷綑縛在模型上的繩索，剔除泥土取出鑄成的器物。而金文則是用刀把一件東西分割成兩半，是剖開模型，取出成品的意思。

吉 ㄐㄧˊ jí

表現澆鑄部分的澆口，與器體部分的型範已經套好了，放置在深坑中的形狀。如此製作能使鑄件的表面更光滑美觀，引申有「美善」、「良好」的意義。

哲 ㄓㄜˊ zhé（嚞）

意符包括心臟，與思想與感情有關；言是長管喇叭，代表有意義的言論；貝代表有價值或商業行為；表現在砧上鍛打鐵器的冶鐵方法，與鑄造有關。整體結構是表達高深而專門的知識。

嚴 ㄧㄢˊ yán

表現在山中挖掘礦石的情景，進而有「山巖」、「嚴格」、「嚴峻」的意義。

金

敢 ㄍㄢˇ gǎn

挖礦是非常辛苦而危險的工作，需要相當的膽量才會去從事，藉此創造「勇敢」、「果敢」的意義。

金

深 ㄕㄣ shēn

一個人在穴中，張口呼吸而流冷汗的情景，是發生在礦坑深處的現象，因而有「深」的意義。

金

柬 ㄐㄧㄢˇ jiǎn

表現袋中有東西。描繪將材料裝於麻袋放入水中，讓水慢慢溶解雜質而得到精純的品質，有揀選的意義。

金

爐 ㄌㄨˊ lú

一個煉爐在支架上的樣子。

橐 ㄊㄨㄛˊ tuó

表現出一個風箱的樣子。鼓風設備可讓煉爐提高燃燒溫度。

复（復）ㄈㄨˋ fù

表現一隻腳  在操作一個鼓風袋  的樣子。鼓風袋的操作，是利用壓縮皮囊，把空氣送入煉爐，然後放鬆，使空氣補充入囊中，幫助燃燒，提高溫度。

呂 ㄌㄩˇ lǚ

意義與「鑄造」有關，表現兩塊礦石熔煉的金屬錠。

厚 ㄏㄡˋ hòu

表現出坩鍋的使用方式。由於坩鍋的器壁遠比較一般容器的器壁厚很多，借用以表達厚度的概念。

則 ㄗㄜˊ zé

一個鼎與一把刀的組合。銅器的美觀或鋒利，取決於銅與錫合金的不同比例。以表達準則、原則等意義。

錫 ㄒㄧˊ xí

由三部分組成。金表示金屬類，易可能為音符，另一個元素是錫錠的形象。

段 ㄉㄨㄢˋ duàn

一隻手拿著一把工具，在山中挖掘到兩塊金屬錠的景象，挖掘礦石需要用工具在山石上敲打，有「敲打」的意義。

鐵 ㄊㄧㄝˇ

tiě

戜的早期字形，是鐵的字源。表示在砧（呈）上鍛打武器（戈）。

銘

冶 ㄧㄝˇ

yě

由刀、火，金屬渣、砧構成，是有關鍛打鐵器的技術。

金

晉 ㄐㄧㄣˋ

jìn

表現兩枝箭在一個日形的東西上。表達雙片範型，用以鑄造箭鏃、器鏃的表意字。

甲

金

7 物資交流／貨幣與商業普及

第五冊 P.293

市 ㄕˋ shì

長竿上高高懸掛著旗幟，讓人遠遠就望見，知道市場開張了，可以去交換物品。

交 ㄐㄧㄠ jiāo

「交」表現一個大人兩腳交叉的形象，表達與「交易」有關的抽象意義；

易 ㄧˋ yì

「易」是蚌殼類的收割工具，早期的重要農具，後來作為「禮物交易行為」的意義。

質 ㄓˊ zhí

表現以兩把石斧的斤，交換一個海貝的交易行為。

貝 ㄅㄟˋ bèi

一枚海貝的腹部，海貝外殼堅硬細緻，不易損壞，北方不易得到海貝，視之為有價值的東西，代表交易行為以及貴重物。

嬰 ㄧㄥ yīng

表現一個正面站立的男性，頸上懸吊著一條使用許多海貝串聯起來的項鍊。

朋 ㄆㄥˊ péng

海貝串成一條項鍊的形象，有如朋友經常在一起，因而有朋友的詞意。

實 ㄕˊ shí

表示屋內有海貝收藏在箱櫃中，有富足的意義。

寶 ㄅㄠˇ bǎo

描繪屋裡有海貝與玉串，都是寶貴的東西，值得珍藏。

買 ㄇㄞˇ mǎi

買，是以一張網子網到一顆海貝，可用來購買的意思。

賣 ㄇㄞˋ mài

賣，由省、貝組合而成，有「檢驗」、「省察」的意思。

賴 ㄌㄞˋ lài

將海貝收藏在袋子裡才不會遺失，有可以信賴的意義。

商 ㄕㄤ shāng

描繪高聳的入口建築形，表示政治的中心地點。

敗 ㄅㄞˋ bài

兩手各拿著一枚海貝相互碰撞，如此海貝會破損而喪失寶貴價值，有「敗壞」的意義。

甲 金

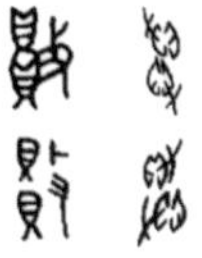

8 統一標準／建立通用度量衡

第五冊
P.319

爯（稱） ㄔㄥ chēng

一隻手拿起建築材料（如木材、禾束）估計重量的模樣。

甲 金

重 ㄓㄨㄥˋ zhòng

一個兩頭綑住的袋子，前端還有一個鉤子。表現袋子已裝滿貨物，沉重無法手提，要用鉤子把它提起來，表現量重的意義。

金

寸 ㄘㄨㄣˋ cùn

以手來測量東西長度的形象。

篆

尺 ㄔˇ chǐ

表現張開手指的形象，手掌張開的約略等於十個拇指的寬度，方便使用來丈量東西的長度。

甲

金

量 ㄌㄧㄤˊ liáng

表現把米糧通過漏斗裝入袋中，因每袋容量大致相當，利用現成的袋子就能計算貨物的容量或重量。

甲

金

斗 ㄉㄡˇ dǒu

是一把挹取水酒的勺子。

甲

金

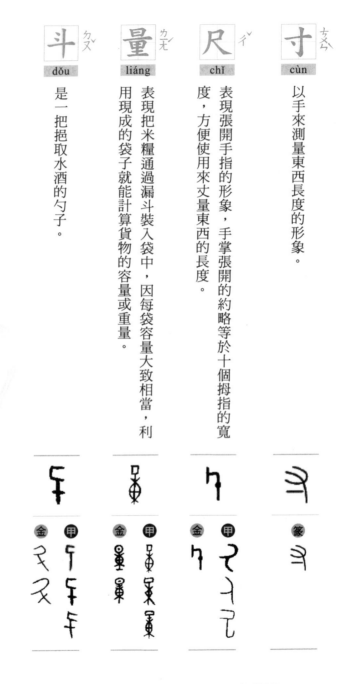

必 ㄅㄧˋ bì

以一道橫畫指出器物之柄的所在，是典型的指事字。

料 ㄌㄧㄠˋ liào

由米與升字組合，以斗（或升）來衡量米粒的量。

升 ㄕㄥ shēng

是一把烹飪用的匕。升的容量為斗的十分之一。古代的一升約等於現今的兩百C. C.。

平 ㄆㄧㄥˊ píng

描繪一個支架的兩端各有東西放著，與天平的器械有關。有均平、不偏的意義。

于 ㄩˊ yú

于字是天平的形象，兩端都放上物體，是使用天平的狀況，表達平衡的意思。

六、人生歷程與信仰篇

1 人生歷程／出生

第六冊
P.029

生 ㄕㄥ shēng

描繪從地上長出一株青草，青草的生命力強韌，在地下的根，一接觸到春天的氣息，馬上生機蓬勃的苗長起來。

孕 ㄩㄣˋ yùn

描繪人的肚子裡有一個已成形的孩子。

身 ㄕㄣ shēn

一個人的腹部鼓起來的樣子。女人懷孕到了某個階段，肚子就會明顯鼓脹起來，以「有身」表示有孕。

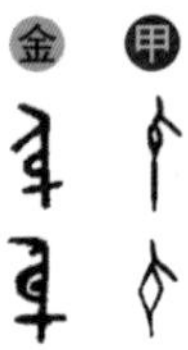

包 ㄅㄠ bāo

尚未成形的小孩在腹中的樣子。

冥 ㄇㄧㄥˊ míng

兩隻手往外掰開子宮，讓胎兒順利生產出來。冥有黑暗的意義，在古代醫學不發達，人們害怕有妖邪之氣入侵產房導致不能順產，就在暗房生產嬰兒。

育 ㄩˋ yù、毓 ㄩˋ yù

表現一位半蹲站的婦女，從身體下方產下倒栽的孩子，孩子的四周還伴隨著羊水，是生產的情況。

改 ㄍㄞˇ gǎi

一隻手拿著一枝棍棒，槌打一個胎兒的景象。這種虐待死嬰的行為，是一種古老的習俗。

嘉 ㄐㄧㄚ jiā

由兩個構件組合，女與力。婉轉表達一名女性擁有一個可以使用耒耜工作的兒子。由於男性才能繼承家業，婦女產下男孩子是美好的事，有嘉美的意義。

好 ㄏㄠˇ hǎo

一名婦女抱著一個男孩，表現婦女擁有兒子是值得慶賀的好事。

子 ㄗˇ zǐ

畫出全身，有手有腳的樣子。表現出男孩女孩的共通形象，但因為古代重男輕女的風俗，實際上都是用來代表男孩。

棄 ㄑㄧˋ qì

兩隻手  捧著一個簸箕 ，簸箕裡有一個小男孩 ，男孩四周有血水點滴。古代醫學不發達，新生兒死亡機率很高。這個剛生下來的小孩，沒有辦法保住生命，被放在簸箕裡丟棄。

帥 ㄕㄨㄞˋ shuài

表達一條手巾懸掛在門的右旁。是中國古代宣告女嬰誕生的記號；手巾是婦女從事家務的用品，用來代表女性。

2 人生歷程／養育

第六冊
P.057

乳 ㄖㄨˇ rǔ

一名婦女抱持一個張口吮吸乳汁的嬰兒，用來表達餵乳、乳汁、乳房等等意義。

保 ㄅㄠˇ bǎo

一個站立的人，伸手至背後，抱住一個男孩。伸手至背後護住孩子，是為了保護幼兒免受傷害，所以引申為保護、保存的意思。

字 ㄗˋ zì

嬰兒在家廟裡的模樣。表示在祖先神靈前介紹嬰兒，成為家族的一員。有了名字的孩子，才是可以計數的子孫，引申為孳生愈來愈多的文字。

如 ㄖㄨˊ rú

女與口的組合，推測是要女性說話的口氣委婉順從。

孔 ㄎㄨㄥˇ kǒng

描繪男孩子的頭上有突出物，以小男孩的髮型為造字創意。生下健康的男孩，家業有人繼承，是令人羨慕、稱讚的事。

游 ㄧㄡˊ yóu

男孩子和一枝旗子，旗子代表軍隊的標誌。代表從小就要灌輸男孩子從軍作戰、保家衛國的觀念。

老 ㄌㄠˇ lǎo

表現頭髮鬆散的老人，頭戴特殊形狀的帽子、頭巾，手中還握有一把枴杖。代表年紀老了，腿沒有力氣行走，要拿枴杖助行。

孝 ㄒㄧㄠˋ xiào

由「子」與「老」組成，表現祖孫一起行走的景象。老人家需由孩子扶著行走，小孩的高度也正合適拐杖的高度，可以權充拐杖，充分表現出「孝道」的涵意。

考 ㄎㄠˇ kǎo

描繪一位頭髮鬆散的老人家，手裡拿著拐杖在走路。考的意義是死去的父親，也有拷打、拷問的意義，或許與棒打老人的遠古習俗有關。

安 ㄢ ān

婦女在屋裡的模樣。古代女子未出嫁前不出門，以女性在屋內表達安全、平安的概念。

3 人生歷程／成人

夫 ㄈㄨ fū

一枝髮笄[ㄐㄧ]插在一個大人的頭髮上。成年後，不論男女，都要把長長的頭髮盤到頭頂。

甲

金

規 ㄍㄨㄟ guī

以夫與見組合的表意字，見是由眼睛見到的影像，引申為一個人對於事情的見解。

篆

望 ㄨㄤˋ wàng

一個人站在高地上，把眼睛豎立起來，盡量要看到遠方的狀況。後來，望被借用稱呼一個月內（第十五、六日）最光亮的時候，就加上一個月的符號。

甲

金

妻 ㄑㄧ qī

婦女用手梳理長頭髮的模樣。女性未成年前，讓頭髮自然下垂；結婚成為妻子後，就要把頭髮盤起。

甲

第六冊
P.079

冠 ㄍㄨㄢˋ guàn

用手（寸）將一頂帽子冃加在一個人（元）的頭上，是舉行男子成年儀式的動作。接受儀式的此人，屬於比較高級的士人階級。

篆

婦 ㄈㄨˋ fù

帚，是掃地的掃帚，利用枯乾的小灌木，綑綁成可以拿在手中的形狀。灑掃屋子內外的工作，基本上是屬於已婚婦女的職務，後來為了與掃帚有所區別，就加上一個女字符號。

甲 金

歸 ㄍㄨㄟ guī

由𠂤字與帚組合而成。𠂤是土堆或土丘，歸的創意就有可能表達女子於歸嫁的時候，要帶一把故鄉的泥土與掃帚同行。古人遠行，擔心到了陌生地方會水土不服，相信帶著一把故鄉的土，加入飲水中，可以調整腸胃，適應異地飲食。

甲

4 人生歷程/婚姻

第六冊
P.097

婚（聞） ㄏㄨㄣ hūn

婚是一個形聲字。娶新婦的時間在黃昏，所以用婚來表達。金文則假借聞字來表達婚。聞是一個跪坐的人，有個大耳朵，張開嘴巴，口沫從嘴裡噴出來，他的手往上舉，要掩住張開的嘴巴，像是聽到不尋常的訊息，驚訝失態而要叫出聲來。

甲

篆

祖（且） ㄗㄨˇ zǔ

由且和代表神靈的示字偏旁組合而成。且，是男性性器的形狀。女子懷孕是由男子授精的結果，男性的性器是人類繁殖的根源，所以代表（男性）祖先的意義。

甲

金

父 ㄈㄨˋ fù

一隻手拿著一把石斧，源自母系社會勞務的習慣，代表的是成年男子的職務。

甲

母 ㄇㄨˇ (匕)

mǔ

一位女性，兩手交叉安放在膝上的跪坐著，胸部的地方有兩小點，表現女性乳房，強調女性生產後才有乳汁可以餵食嬰兒。

甲

金

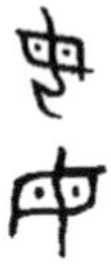

妣 ㄅㄧˇ

bǐ

女性祖先，稱為妣。描繪一把湯匙，是把羹湯裡的菜蔬或肉塊撈取出來的用具。湯匙是服務飲食的工具，女性經常使用，以它來代表女性祖先。

甲

金

每 ㄇㄟˇ

měi

一名婦女的頭髮上插著好幾枝裝飾物，以這種日常情景表達豐美的意義。

甲

金

敏 ㄇㄧㄣˇ

mǐn

一名婦女的頭髮上有多枝裝飾物，及一隻手。表示必須要快速打扮，才有其他時間可以做各種家務。

甲

金

緐（繁）ㄈㄢˊ fán

每與糸的組合，是表意字。一位婦女的頭髮上，除了裝飾笄ㄐㄧ釵一類的飾物之外，還有彩色絲帶，表達繁多的抽象意義。

金

姬 ㄐㄧ jī

一位盛裝的女性與一把密齒的長梳子。姬的意義是貴婦人，顯然是以頭髮上穿插密齒的長梳子表意，比只插髮笄的人身分更高。

甲

金

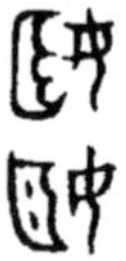

5 人生歷程／老、病、死

第六冊 P.125

疾 ㄐㄧˊ jí

有兩種字形，是人被一枝箭所傷害的樣子。第二種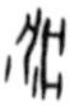是一個人躺在床上，身上流汗或血水的樣子，是已患有疾病的現象。疾在甲骨文有兩種意義，一是生病，一是疾快；因為生病了就要儘快求醫，不要讓病情惡化。

甲

金

宿 ㄙㄨˋ sù

表現一個人躺在一張蓆子上睡覺（古人是在蓆子上睡覺，生病的時候就要躺在床上。）

葬 ㄗㄤˋ zàng

一個木結構的棺材裡面，有一個人睡在床上的形狀。所以，生病時要睡在床上，是要為死亡做準備。死在床上，才合乎禮儀的要求。

夢 ㄇㄥˋ mèng

一名畫有眼睛、眉毛的貴族躺在床上作夢，接受神靈的指示。古人選擇在床上作夢，萬一不幸死亡，也不違背禮俗，能死在床上。

死 ㄙˇ sǐ

一個人或側或仰，躺臥在木結構的棺材中，有時有幾個點在人的周圍，可能是表達隨葬物品。

吝 ㄌㄧㄣˋ lìn

由文字與口字構成。表現一個死人在一個坑陷裡面，哀惜這個人沒有死得正常，不能以有床的棺木葬具來殮葬，只能挖個坑埋了，可以解釋為婉惜、恨惜的意思。

甲

篆

文 ㄨㄣˊ wén

一個人的胸上有花紋；紋身是中國古代葬儀的一種形式，用刀在屍體胸上刺刻花紋，使血液流出來，代表釋放靈魂前往投生。文，是對於死人的放魂儀式。

甲

金

鄰 ㄌㄧㄣˊ lín

以兩個囗ㄨㄟˊ和一個文組成。囗是標示一個範圍。古代的墓葬，都是矩形的土坑；文，是經過死亡聖化儀式的死者。整個字形表達墓葬區的墓葬坑比鄰而居，借以表達相鄰的意義。

金

篆

還 ㄏㄨㄢˊ huán

以行道、有眉毛的眼睛、耕犁組成。古代人不常出外旅行，客死在外的多是士兵，而兵士多由農民所組成。客死異地時，要由巫師以死者使用過的犁頭去招魂，然後才能安葬。

甲

6 死亡的概念與儀式

第六冊 P.149

尸 ㄕ shī

是二次葬所採用的葬姿。人死的時候軀體是僵硬的，等到身體腐化成白骨，再次收斂排列時才能呈現這種姿勢。中國古人的觀念，成了白骨，再經一次儀式，才算真正離開人間。

甲 金

𢼸 ㄨㄟˊ（微）wéi

以一隻手，拿著一根棍子從後面攻擊一名長頭髮的老人。中國古時候就有把老人打死使其超生的習俗。或許因為受到棒打的常是體弱有病的老人，所以也有生病、微弱等意義。

弔 ㄉㄧㄠˋ diào

一個人身上有繩索捆繞著的模樣。東北地區於人死後，高掛屍體於樹上，讓鳥啄食腐肉，再把剩下的骨頭埋葬。

𣦼 ㄘㄢˊ cán

一隻手在撿拾一片枯骨。因屍體被鳥獸所吃剩的骨頭大半不能完全保留，所以是殘缺的。這是常見的景象，借以表達殘缺不全的意義。

㕡 ㄏㄨㄛˋ（壑）huò

由三個構件合成，一隻手又、一塊枯骨歺、及一個河谷𣦼。人到深谷，常是為了撿拾親人的骨頭，以此做為造字的創意。

7 人生信仰／祭祀鬼神

主 ㄓㄨˇ zhǔ

一棵樹上有火光，可能是古代用豎立的樹枝所製作的火把，用於戶外照明。因為在神位旁要點燈火，便以主稱呼神主牌位。

示 ㄕˋ shì

一個架子上的平臺，或許是人們想像的神靈寄居的地方，放置祭祀物品、一個高而有平臺的神桌。

宗 ㄗㄨㄥ zōng

宗是尊敬祖先神靈的地方，表達祭祀自己祖先的廟堂。

第六冊
P.181

帝 ㄉㄧˋ dì

以豎立的形象做為崇拜對象，很可能經由信仰的圖騰，演變為至高的上帝，再演化為政治組織的王者。

鬼 ㄍㄨㄟˇ guǐ

表現一個人頭戴假面具、裝扮鬼神的行為，擔任神靈的代理人。在商代，鬼兼有神靈的意義。

魅 ㄇㄟˋ mèi

跪坐的鬼靈，身上有閃閃的碧綠色磷光的模樣。人的骨骼含有磷。磷是一種在夜晚可以釋放碧綠色光芒的礦物。人死後埋在地下，若干年後屍體腐化乾淨成為白骨。磷就慢慢離開骨頭而漂浮在空氣中，在夜間就呈現漂浮的綠光，俗稱鬼火。

粦 ㄌㄧㄣˊ lín

一個正面站立的人，全身上下籠罩著點點磷光狀。表現一名巫師身上塗了磷，或穿著塗了磷的衣服，在施行法術的模樣。

褮 ㄧㄥˊ yíng

一件衣服上有幾個小點，上方也有兩個火字的形象。這是表示這件衣服塗有磷而可以發光，而鬼衣的意思就是扮鬼時所穿的衣物。

舜 ㄕㄨㄣˋ shùn

表現在一個框框中有一個發磷光的人像。舜是表現一個接受祭祀的對象，是身上塗有磷的偶像，在龕箱之中。

畏 ㄨㄟˋ wèi

站立的鬼手中拿著一把棍棒，棍棒前端有個小的分歧，能裝上可以傷人的硬物。鬼如果還拿著武器，威力就更可怕而令人畏懼了。

異 ㄧˋ yì

一個站立的人頭戴面具、雙手上揚有所行動的模樣。未開化民族的面具，形狀大都恐怖驚人，異於常人，借用以表達奇異的意義。

兇 ㄒㄩㄥ xiōng

一個人站立著，頭上有特殊形相，吐出舌頭。頭上的東西與鬼字的面具類似，可能是兇惡的鬼靈扮相，有兇惡的意思。

甲

篆

祭 ㄐㄧˋ jì

一隻手拿著正滴著血液的一塊生肉。人們不會食用未煮熟的食物，使用未煮熟的肉，是祭祀鬼神的行為，用以表達祭祀的意義。

甲

燎 ㄌㄧㄠˊ liáo

豎立的木頭有火點在燃燒。燎祭是一種在郊外空曠處舉行的燎火的祭祀，是架木燒火的祭祀行為。

甲

埋 ㄇㄞˊ mái

一隻牛或羊、犬埋在一個坑中的模樣。這是把牲品埋在土中讓神靈享用，一段時間後會把坑挖開，看看牲品有沒有被神靈享用。

甲

沉 ㄔㄣˊ chén

一隻牛在河流之中的模樣。人們將牛隻如此貴重的財產丟入水裡，是祭祀的形式之一。沉，是一種專門處理牛牲的祭典。

甲

血 ㄒㄧㄝˇ xiě

描繪在盤皿中裝盛血。動物的血，也是商人供奉的供品之一。奉獻的時候，使用盤皿裝盛，就借用來創造血字。

甲 金

盟 ㄇㄥˊ méng

新鑄造的銅器需用牲血來釁塗祭祀，軍事結盟時要歃飲各立盟人混合的鮮血，要使用盤皿盛著飲用，即為盟的創意。

甲 金

岳 ㄩㄝˋ yuè

商王最常祭祀的神靈是岳與河。高山之上又有高峰重疊的模樣，並不是一般的山巒。

甲

河 ㄏㄜˊ hé

形聲字。河流除水勢有大小之外，很難以圖畫表現個別的不同形狀，就以形聲字的方式創造。

卜 ㄅㄨˇ bǔ

用火燒灼甲骨背面，使正面呈現一道直紋與一道橫紋的兆紋。是占卜後的結果，所以有占卜的意義。

占 ㄓㄢ zhān

一塊甲骨，上面有卜與口字，表達骨頭以兆紋（卜）的走向，以口說出問題的答案，是一種占斷吉凶的行為。

漢語拼音檢字索引

A

ān（ㄢ）

安 183

B

bài（ㄅㄞˋ）

敗 173

bāo（ㄅㄠ）

包 178

bǎo（ㄅㄠˇ）

保 181

寶 172

bào（ㄅㄠˋ）

報 69

暴 35

虣 35

bèi（ㄅㄟˋ）

貝 171

誖 76

備 61

běn（ㄅㄣˇ）

本 149

bēn（ㄅㄣ）

奔 130

bì（ㄅㄧˋ）

必 175

bǐ（ㄅㄧˇ）

匕 187

妣 187

啚 147

biǎo（ㄅㄧㄠˇ）

表 105

bīng（ㄅㄧㄥ）

兵 56

bìng（ㄅㄧㄥˋ）

並 76

bǔ（ㄅㄨˇ）

卜 198

bù（ㄅㄨˋ）

步 128

C

cái（ㄘㄞˊ）

才 141

cǎi（ㄘㄞˇ）

采 102

cāng（ㄘㄤ）

倉 147

cáo（ㄘㄠˊ）

曹 100

cè（ㄘㄜˋ）

冊 80

chā（ㄔㄚ）

差 88

chàng（ㄔㄤˋ）

鬯 100

chē（ㄔㄜ）

車 134

chè（ㄔㄜˋ）

徹 94

chén（ㄔㄣˊ）

臣 70

沉 197

陳 114

晨 143

敶 114

chēng（ㄔㄥ）

爯 173

稱 173

chéng（ㄔㄥˊ）

成 64

chí（ㄔˊ）

遲 130

chǐ（ㄔˇ）

尺 174

chōng（ㄔㄨㄥ）

春 89
chǒng（ㄔㄨㄥˇ）
寵 48
chóu（ㄔㄡˊ）
疇 145
chū（ㄔㄨ）
出 119
初 104
chù（ㄔㄨˋ）
豖 51
畜 49
處 120
chuáng（ㄔㄨㄤˊ）
疒 122
chuí（ㄔㄨㄟˊ）
垂 150

cí（ㄘˊ）
辭 82
cì（ㄘˋ）
次 96
cōng（ㄘㄨㄥ）
蔥 150
cùn（ㄘㄨㄣˋ）
寸 174

D

dài（ㄉㄞˋ）
帶 108
dàn（ㄉㄢˋ）
旦 102
彈 60
dào（ㄉㄠˋ）
盜 97
道 129
稻 85
dé（ㄉㄜˊ）
得 137
德 137
dēng（ㄉㄥ）
登 135
dì（ㄉㄧˋ）
帝 194
diǎn（ㄉㄧㄢˇ）
典 81
diào（ㄉㄧㄠˋ）
弔 192
dǐng（ㄉㄧㄥˇ）
鼎 93
dǒu（ㄉㄡˇ）
斗 174
dòu（ㄉㄡˋ）
豆 97
鬥 77
duān（ㄉㄨㄢ）
耑 149
duàn（ㄉㄨㄢˋ）
段 168
dūn（ㄉㄨㄣ）
敦 49
duō（ㄉㄨㄛ）
多 91
duó（ㄉㄨㄛˊ）
奪 45

F

fā（ㄈㄚ）
伐 57
fá（ㄈㄚˊ）
罰 72
fǎ（ㄈㄚˇ）
法 37／164
灋 37
fán（ㄈㄢˊ）
凡 133
樊 75
繁 188
fāng（ㄈㄤ）
匚 155
方 144
fēn（ㄈㄣ）

焚 143

fèn（ㄈㄣˋ）

奮 46

fēng（ㄈㄥ）

風 39

fèng（ㄈㄥˋ）

鳳 39

fǒu（ㄈㄡˇ）

缶 163

fū（ㄈㄨ）

夫 184

巿 107

伏 53

孚 67

芾 107

fǔ（ㄈㄨˇ）

甫 146

fù（ㄈㄨˋ）

父 56／186

阜 117

复 167

婦 185

復 167

G

gǎi（ㄍㄞˇ）

改 179

gān（ㄍㄢ）

干 64

gǎn（ㄍㄢˇ）

敢 166

gāo（ㄍㄠ）

高 116

gē（ㄍㄜ）

戈 57

割 165

gé（ㄍㄜˊ）

革 158

gè（ㄍㄜˋ）

各 119

gōng（ㄍㄨㄥ）

弓 59

工 82

攻 82

宮 116

龏 48

gǔ（ㄍㄨˇ）

骨 153

鼓 160

蠱 40

guā（ㄍㄨㄚ）

瓜 150

guān（ㄍㄨㄢ）

關 138

guàn（ㄍㄨㄢˋ）

冠 185

盥 97

雚 42

guāng（ㄍㄨㄤ）

光 127

guī（ㄍㄨㄟ）

規 184

龜 39

歸 185

guǐ（ㄍㄨㄟˇ）

鬼 194

簋 98

guō（ㄍㄨㄛ）

郭 114

guó（ㄍㄨㄛˊ）

虢 35

馘 58

guǒ（ㄍㄨㄛˇ）

果 150

H

hán（ㄏㄢˊ）

函 61

寒 122

hàn（ㄏㄢˋ）

熇 38
hāo（ㄏㄠ）
薅 143
hǎo（ㄏㄠˇ）
好 180
hé（ㄏㄜˊ）
禾 84
河 198
hēi（ㄏㄟ）
黑 73
héng（ㄏㄥˊ）
衡 131
hóng（ㄏㄨㄥˊ）
弘 59
hóu（ㄏㄡˊ）
侯 61

hòu（ㄏㄡˋ）
後 131
厚 168
hú（ㄏㄨˊ）
壺 101
hǔ（ㄏㄨˇ）
虎 34
hù（ㄏㄨˋ）
戶 120
huá（ㄏㄨㄚˊ）
華 148
huà（ㄏㄨㄚˋ）
畫 80／106
huán（ㄏㄨㄢˊ）
萑 42
還 191

huàn（ㄏㄨㄢˋ）
宦 70
豢 48
huáng（ㄏㄨㄤˊ）
皇 78
黃 108
huǐ（ㄏㄨㄟˇ）
虫 40
hūn（ㄏㄨㄣ）
昏 102
婚 186
huò（ㄏㄨㄛˋ）
㕡 192
壑 192

J

jī（ㄐㄧ）
几 127
丌 126
姬 188
羈 38
jí（ㄐㄧˊ）
吉 165
即 96
疾 122／188
集 44
耤 144
jǐ（ㄐㄧˇ）
幾 161
jì（ㄐㄧˋ）
季 89
既 96

祭 196
稷 85
jiā（ㄐㄧㄚ）
家 51
嘉 179
jiǎ（ㄐㄧㄚˇ）
甲 65
斝 99
jiān（ㄐㄧㄢ）
湔 110
jiǎn（ㄐㄧㄢˇ）
柬 166
jiàn（ㄐㄧㄢˋ）
建 136
薦 36
jiāng（ㄐㄧㄤ）

畺 142
jiàng（ㄐㄧㄤˋ）
匠 156
降 118
jiāo（ㄐㄧㄠ）
交 170
教 76
焦 45
jiǎo（ㄐㄧㄠˇ）
角 154
解 154
jiè（ㄐㄧㄝˋ）
介 65
戒 58
jīn（ㄐㄧㄣ）
斤 56
金 164
jìn（ㄐㄧㄣˋ）
晉 169
進 44
jīng（ㄐㄧㄥ）
京 117
巠 161
jìng（ㄐㄧㄥˋ）
敬 69
jǐng（ㄐㄧㄥˇ）
井 113
jiōng（ㄐㄩㄥ）
冂 107
jiǒng（ㄐㄩㄥˇ）
囧 121
jiǔ（ㄐㄧㄡˇ）
韭 149
酒 99
jù（ㄐㄩˋ）
具 94
jué（ㄐㄩㄝˊ）
玨 153
爵 99
jūn（ㄐㄩㄣ）
君 79
軍 135
K
kǎo（ㄎㄠˇ）
考 183
kè（ㄎㄜˋ）
克 159
kǒng（ㄎㄨㄥˇ）
孔 182
kòu（ㄎㄡˋ）
寇 135
kuāng（ㄎㄨㄤ）
框 155
筐 155
kùn（ㄎㄨㄣˋ）
困 151
L
lái（ㄌㄞˊ）
來 86
lài（ㄌㄞˋ）
賴 172
láo（ㄌㄠˊ）
牢 50
lǎo（ㄌㄠˇ）
老 182
lí（ㄌㄧˊ）
犁 50
釐 88
離 45
lì（ㄌㄧˋ）
立 76
吏 80
利 88
秝 84
鬲 94
栗 150
歷 84
麗 34

lián（ㄌㄧㄢˊ）
連 135
liáng（ㄌㄧㄤˊ）
量 174
粱 90
liào（ㄌㄧㄠˋ）
料 175
燎 196
lín（ㄌㄧㄣˊ）
鄰 190
粦 194
lǐn（ㄌㄧㄣˇ）
㐭 146
廩 146
lìn（ㄌㄧㄣˋ）
吝 190

líng（ㄌㄧㄥˊ）
陵 118
lìng（ㄌㄧㄥˋ）
令 78
liú（ㄌㄧㄡˊ）
留 145
龍 38
liǔ（ㄌㄧㄡˇ）
柳 151
lóu（ㄌㄡˊ）
婁 131
樓 117
lú（ㄌㄨˊ）
盧 95
爐 95／167
lǔ（ㄌㄨˇ）
魯 46
lù（ㄌㄨˋ）
彔 113
律 136
鹿 34
lǚ（ㄌㄩˇ）
呂 167
旅 67
履 109

M

má（ㄇㄚˊ）
麻 86
mǎ（ㄇㄚˇ）
馬 52
mái（ㄇㄞˊ）
埋 196
mǎi（ㄇㄞˇ）
買 172
mài（ㄇㄞˋ）
麥 86
賣 172
máo（ㄇㄠˊ）
矛 59
mào（ㄇㄠˋ）
冒 109
帽 109
méi（ㄇㄟˊ）
枚 157
měi（ㄇㄟˇ）
美 78
每 187
mèi（ㄇㄟˋ）
魅 194
mén（ㄇㄣˊ）
門 121
méng（ㄇㄥˊ）
盟 197
mèng（ㄇㄥˋ）
夢 122／189
mǐ（ㄇㄧˇ）
米 90
mì（ㄇㄧˋ）
糸 161
mián（ㄇㄧㄢˊ）
宀 115
mín（ㄇㄧㄣˊ）
民 72

mǐn（ㄇㄧㄣˇ）
皿 97
敏 187
míng（ㄇㄧㄥˊ）
明 121
冥 179
鳴 44
mò（ㄇㄛˋ）
莫 103
末 149
mǒu（ㄇㄡˇ）
某 151
mǔ（ㄇㄨˇ）
牡 50
母 187
mù（ㄇㄨˋ）
牧 49
暮 103
穆 85

N

nèi（ㄋㄟˋ）
內 119
néng（ㄋㄥˊ）
能 47
nián（ㄋㄧㄢˊ）
年 89
niǎn（ㄋㄧㄢˇ）
輦 134
niǎo（ㄋㄧㄠˇ）
鳥 41
niú（ㄋㄧㄡˊ）
牛 50
nóng（ㄋㄨㄥˊ）
農 142
nòng（ㄋㄨㄥˋ）
弄 153
nú（ㄋㄨˊ）
奴 71

P

páng（ㄆㄤˊ）
旁 144
龐 48
pèi（ㄆㄟˋ）
佩 108
配 100
péng（ㄆㄥˊ）
朋 171
彭 160
pí（ㄆㄧˊ）
皮 159
piàn（ㄆㄧㄢˋ）
片 157
pín（ㄆㄧㄣˊ）
頻 132
瀕 132
pìn（ㄆㄧㄣˋ）
牝 50
píng（ㄆㄧㄥˊ）
平 175
pú（ㄆㄨˊ）
僕 74
璞 153
pǔ（ㄆㄨˇ）
圃 146

Q

qī（ㄑㄧ）
妻 184
戚 62
桼 158
qí（ㄑㄧˊ）
其 154
齊 60
qì（ㄑㄧˋ）
棄 180
器 53
qián（ㄑㄧㄢˊ）
前 110

qiáng（ㄑㄧㄤˊ）
強 60
qiě（ㄑㄧㄝˇ）
且 186
qiè（ㄑㄧㄝˋ）
妾 71
qín（ㄑㄧㄣˊ）
秦 90
qǐn（ㄑㄧㄣˇ）
寢 121
qīng（ㄑㄧㄥ）
卿 95
qìng（ㄑㄧㄥˋ）
慶 37
罄 152
qiū（ㄑㄧㄡ）
丘 112
秋 147
qiú（ㄑㄧㄡˊ）
裘 104
qū（ㄑㄩ）
曲 155
qǔ（ㄑㄩˇ）
取 58
qù（ㄑㄩˋ）
去 124
quán（ㄑㄩㄢˊ）
泉 112
quǎn（ㄑㄩㄢˇ）
犬 52
què（ㄑㄩㄝˋ）
雀 42

R

rǎn（ㄖㄢˇ）
染 106
róng（ㄖㄨㄥˊ）
戎 66
容 124
róu（ㄖㄡˊ）
柔 159
ròu（ㄖㄡˋ）
肉 91
rú（ㄖㄨˊ）
如 182
rǔ（ㄖㄨˇ）
乳 181
rù（ㄖㄨˋ）
辱 143
蓐 143
ruǎn（ㄖㄨㄢˇ）
軟 159
ruò（ㄖㄨㄛˋ）
爇 141

S

sàn（ㄙㄢˋ）
散 086
sāng（ㄙㄤ）
桑 162
sàng（ㄙㄤˋ）
喪 162
sè（ㄙㄜˋ）
嗇 146
shān（ㄕㄢ）
芟 148
shāng（ㄕㄤ）
商 172
shé（ㄕㄜˊ）
舍 137
涉 132
射 61
蛇 40
赦 75
shēn（ㄕㄣ）
身 178
深 166
shēng（ㄕㄥ）
升 175
生 178
shèng（ㄕㄥˋ）

聖 140
shī（ㄕ）
尸 191
shí（ㄕˊ）
石 152
食 84
實 171
shǐ（ㄕˇ）
矢 60
史 80
豕 51
shì（ㄕˋ）
示 193
市 170
事 80
室 123
識 58
shòu（ㄕㄡˋ）
獸 52
shū（ㄕㄨ）
書 79
疋 129
shú（ㄕㄨˊ）
菽 86
shǔ（ㄕㄨˇ）
黍 85
shù（ㄕㄨˋ）
戍 57
庶 92
尌 160
樹 160
shuāi（ㄕㄨㄞ）
衰 105
shuài（ㄕㄨㄞˋ）
帥 180
shuāng（ㄕㄨㄤ）
雙 43
shuǎng（ㄕㄨㄤˇ）
爽 107
shùn（ㄕㄨㄣˋ）
舜 195
sī（ㄙ）
司 82
絲 161
sǐ（ㄙˇ）
死 189
sì（ㄙˋ）
兕 36
sōu（ㄙㄡ）
叟 127
搜 127
sù（ㄙㄨˋ）
夙 103
素 162
宿 189
莤 99
宿 122
粟 90
肅 106
suì（ㄙㄨㄟˋ）
歲 64
穗 87
suǒ（ㄙㄨㄛˇ）
索 162

T

tái（ㄊㄞˊ）
臺 117
táo（ㄊㄠˊ）
匋 163
陶 163
tì（ㄊㄧˋ）
替 77
tián（ㄊㄧㄢˊ）
田 142
tiě（ㄊㄧㄝˇ）
鐵 169
tīng（ㄊㄧㄥ）
聽 140
廳 123
tíng（ㄊㄧㄥˊ）

廷 123
tóng（ㄊㄨㄥˊ）
童 72
tú（ㄊㄨˊ）
途 130
圖 147
tǔ（ㄊㄨˇ）
土 163
tù（ㄊㄨˋ）
兔 47
tuì（ㄊㄨㄟˋ）
退 120
tún（ㄊㄨㄣˊ）
豚 52
tuó（ㄊㄨㄛˊ）
橐 167
tuǒ（ㄊㄨㄛˇ）
妥 68

W

wǎ（ㄨㄚˇ）
瓦 125
wài（ㄨㄞˋ）
外 120
wáng（ㄨㄤˊ）
王 77
wàng（ㄨㄤˋ）
望 184
wéi（ㄨㄟˊ）
為 36
微 192
wěi（ㄨㄟˇ）
委 89
wèi（ㄨㄟˋ）
畏 195
wén（ㄨㄣˊ）
文 190
聞 186
wǒ（ㄨㄛˇ）
我 63
wū（ㄨ）
巫 81
烏 41
wǔ（ㄨˇ）
舞 39
wù（ㄨˋ）
戊 62

X

xī（ㄒㄧ）
西 155
析 156
奚 68
犀 36
醯 101
xí（ㄒㄧˊ）
昔 114
習 44
錫 168
xì（ㄒㄧˋ）
夕 103
舄 43
戲 35
xián（ㄒㄧㄢˊ）
次 96
咸 63
涎 96
賢 70／140
xiàn（ㄒㄧㄢˋ）
縣 74
xiāng（ㄒㄧㄤ）
香 92
襄 144
xiǎng（ㄒㄧㄤˇ）
享 116
饗 95
xiàng（ㄒㄧㄤˋ）
向 115
相 156
象 35

纚 95
xiāo（ㄒㄧㄠ）
囂 71
xiào（ㄒㄧㄠˋ）
孝 183
xié（ㄒㄧㄝˊ）
劦 145
xiě（ㄒㄧㄝˇ）
血 197
xiè（ㄒㄧㄝˋ）
燮 93
xīng（ㄒㄧㄥ）
興 133
xíng（ㄒㄧㄥˊ）
行 129
xiōng（ㄒㄩㄥ）
兇 196
xū（ㄒㄩ）
戌 63
xù（ㄒㄩˋ）
敘 138
xuān（ㄒㄩㄢ）
宣 125
xué（ㄒㄩㄝˊ）
學 75
xūn（ㄒㄩㄣ）
熏 128
xún（ㄒㄩㄣˊ）
尋 126
xùn（ㄒㄩㄣˋ）
訊 69

Y

yán（ㄧㄢˊ）
嚴 166
yàn（ㄧㄢˋ）
燕 43
yāng（ㄧㄤ）
央 126
yáng（ㄧㄤˊ）
羊 49
yáo（ㄧㄠˊ）
窑 164
堯 140
窯 164
yě（ㄧㄝˇ）
冶 169
野 115
yè（ㄧㄝˋ）
業 148
yī（ㄧ）
衣 104
yí（ㄧˊ）
疑 131
yì（ㄧˋ）
乂 151
刈 151
邑 113
易 170
異 195
逸 47
義 63
裔 105
劓 74
藝 141
yín（ㄧㄣˊ）
嚚 71
yǐn（ㄧㄣˇ）
尹 79
飲 98
yīng（ㄧㄥ）
嬰 109／171
鷹 41
yíng（ㄧㄥˊ）
褮 195
yōng（ㄩㄥ）
雍 124
雝 124
yōu（ㄧㄡ）
幽 127

yóu（ㄧㄡˊ）
游 67／182
yǒu（ㄧㄡˇ）
卣 101
yòu（ㄧㄡˋ）
囿 124
yú（ㄩˊ）
于 175
魚 46
漁 46
輿 134
yǔ（ㄩˇ）
圉 68
與 134
yù（ㄩˋ）
玉 152
聿 79
育 179
御 136
毓 179
yuān（ㄩㄢ）
眢 73
yuán（ㄩㄢˊ）
員 94
袁 105
原 112
yuàn（ㄩㄢˋ）
怨 73
yuè（ㄩㄝˋ）
戉 62
刖 74
岳 197
yùn（ㄩㄣˋ）
孕 178

Z

zǎi（ㄗㄞˇ）
宰 73
zāng（ㄗㄤ）
臧 59
zàng（ㄗㄤˋ）
葬 189
zào（ㄗㄠˋ）
灶 93
造 133
喿 45
竈 93
zé（ㄗㄜˊ）
則 168
zè（ㄗㄜˋ）
昃 102
zhà（ㄓㄚˋ）
乍 157
zhān（ㄓㄢ）
占 198
zhāo（ㄓㄠ）
釗 165
zhào（ㄓㄠˋ）
召 100
肇 142
zhé（ㄓㄜˊ）
折 156
哲 165
嚞 165
zhě（ㄓㄜˇ）
者 92
zhěn（ㄓㄣˇ）
枕 125
zhèn（ㄓㄣˋ）
朕 132
zhī（ㄓ）
之 129
隻 43
zhí（ㄓˊ）
直 137
執 68
戠 58
質 170
zhǐ（ㄓˇ）
止 128

黹 106
zhì（ㄓˋ）
炙 91
制 141
陟 118
彘 51
雉 42
廌 37
zhōng（ㄓㄨㄥ）
中 66
zhòng（ㄓㄨㄥˋ）
重 173
zhōu（ㄓㄡ）
舟 132
周 145
盩 69
zhǒu（ㄓㄡˇ）
帚 158
zhòu（ㄓㄡˋ）
冑 65
晝 103
zhū（ㄓㄨ）
朱 149
豬 51
zhú（ㄓㄨˊ）
竹 154
zhǔ（ㄓㄨˇ）
主 193
煮 92
貯 126
zhù（ㄓㄨˋ）
宁 126
壴 159
祝 81
鑄 164
zhuān（ㄓㄨㄢ）
專 160
zhuī（ㄓㄨㄟ）
隹 41
zī（ㄗ）
甾 155
茲 162
zǐ（ㄗˇ）
子 180
zì（ㄗˋ）
字 181
zōng（ㄗㄨㄥ）
宗 193
zǒu（ㄗㄡˇ）
走 130
zú（ㄗㄨˊ）
卒 65
族 66
zǔ（ㄗㄨˇ）
俎 98
祖 186
zuì（ㄗㄨㄟˋ）
辠 73
zūn（ㄗㄨㄣ）
尊 101

字字有來頭．甲骨文簡易字典 / 許進雄作．-- 初版．-- 新北市：字畝文化創意出版：遠足文化發行，2018.07
面；　公分．-- (Learning ; 10)
ISBN 978-986-96398-8-0(平裝)
1. 漢字 2. 甲骨文 3. 中國文字
802.2　　107010197

Learning010

字字有來頭 甲骨文簡易字典

作者　許進雄

字畝文化創意有限公司
社長兼總編輯　馮季眉
編輯　戴鈺娟、陳心方
封面設計及繪圖　三人制創
內頁設計及排版　張簡至真

讀書共和國出版集團
社長：郭重興　發行人：曾大福
業務平臺總經理：李雪麗　業務平臺副總經理：李復民
實體書店暨直營網路書店組：林詩富、郭文弘、賴佩瑜、王文賓、周宥騰、范光杰
海外通路組：張鑫峰、林裴瑤　特販組：陳綺瑩、郭文龍
印務部：江域平、黃禮賢、李孟儒

出版　字畝文化創意有限公司
發行　遠足文化事業股份有限公司
地址　231 新北市新店區民權路 108-2 號 9 樓
電話　(02)2218-1417
傳真　(02)8667-1065
電子信箱　service@bookrep.com.tw
網址　www.bookrep.com.tw
法律顧問　華洋法律事務所　蘇文生律師
印製　通南彩色印刷有限公司

2018 年 7 月 18 日　初版一刷　2023 年 5 月　初版七刷　定價：300 元
ISBN 978-986-96398-8-0　書號：XBLN0010